将軍様は婚活中
shogun sama wa konkatsu chuu

将《しょう》軍《ぐん》様《さま》は婚《こん》活《かつ》中《ちゅう》

朝《あさ》霞《か》月《つき》子《こ》

ILLUSTRATION：兼守《かねもり》美行《みゆき》

将軍様は婚活中

LYNX ROMANCE

CONTENTS

将軍様は婚活中

1－1

クシアラータ国には有名な剣士が三人いる。一人目は勇猛果敢な第三王子、二人目は聖王親衛隊長、三人目が口数の少ない異国出身の将軍。誰もが名を聞けばすぐに「ああ」と頷《うなず》くほどの有名人。祭事が催されるたび、顔が拝めないものかと国民は列を作って沿道に押し寄せる。

自分たちの国を守ってくれる彼ら三人を、国民は敬意を込めてこう呼ぶ。

クシアラータの三宝剣と。

その三宝剣の一人、ウェルナード＝ヒュルケン将軍が今、国民の間ではちょっとした噂《うわさ》になっていた。

二十七歳になる将軍は、未だ独り身でこれまで妻を娶《めと》る気配の欠片《かけら》もなかった。剣技に優れ、無口で朴訥《ぼくとつ》、色の道にも疎いというのが巷《ちまた》の評判で、私生活よりも軍務に真面目に取り組む姿は、どこか色事から一線を引いた禁欲的な雰囲気すら漂わせている。

上背のあるがっしりとした鍛えられた体と厚い胸や腕、きりりと結ばれた唇と男らしい整った顔立ちは、クシアラータの女たちに溜息《ためいき》をつかせ、機会があれば夜を共にと望む声も多い。褐色の肌と金髪銀髪が主流を占めるクシアラータ国の中では、白色を帯びた色素の薄い肌と濃い藍色の髪、真夏の空のような青い瞳を持つ将軍は、それだけでも十分目を引く素材だ。女たちが夢中になるのも無理はない。

母系継承を主とするクシアラータでは、女たちが生活の主役だ。代々家を継ぐのは女と決まっており、近隣諸国でも珍しい一妻多夫制の習慣がまだ色濃く残っている国でもある。

つまり、将軍に色目を使うのは何も未婚女性だけではないということで、三人まで夫を持つことが出来る上流階級の夫人たちは、強く逞《たくま》しい将軍の子を欲しがり、機会がある毎《ごと》に熱心に秋波を送る。優秀な男の子を欲するのは、もうクシアラータの女たちの本能のようなものだ。

しかし、忘れてはいけない。

将軍は異国出身でクシアラータの男ではない。十年という長い期間をクシアラータ国で過ごしていても、生活や考え方は生国のものを基本とし、それが揺らぐことはない。

どんな美女の誘いにも乗らない。そのことがまた難攻不落の砦《とりで》のように女たちに発奮材料を与え、嫌がる将軍が避けて回るという繰り返し。

それが今までの将軍だった。無意識か、はたまた故意なのか定かではないものの、うまい具合に所帯を持つことを回避していた。

しかし、ここに来て将軍についての新しい噂が、実《まこと》しやかに囁《ささや》かれるようになっていた。

曰《いわ》く、

「どうやらヒュルケン将軍が結婚するみたいだよ」

と。

国民の間ではただの噂にしかならないそれが、貴族階級においてはよい意味でも悪い意味でも、またとない好機として目に映ったのは言うまでもない。

それより遡ることひと月ほど。

城の一室で二人の男が顔を合わせ、密談していた。

「──本当にいいのか？」

「このままだとヒュルケンは国外強制退去だぞ。お前はそれでいいのか？」

「しかし、本人にその気がないのを無理に結婚させても……」

「結婚した事実があればいいんだよ。たとえ誰だろうが。幸い、ヒュルケンを婿に望む声は多い。それを利用しない手はない」

「それはあまりにもヒュルケンが気の毒過ぎる」

「気の毒なのは俺の方だ。ヒュルケンを早いところ何とかしないと、俺が奴《やつ》と結婚させられちまう。ヒュルケンはいい奴だが、それとこれとは話が別だ。実の息子よりもヒュルケンを取るなんざ、あのババア！」

「本音が出てるぞ、インベルグ。いくら国王でも三宝剣の一人、しかも王子を嫁にやるわけがないだろうに。第一、お前に嫁役は似合わない。婿も……無理だな」

何より、

「俺は突っ込む方だ」

「……下品だぞ、インベルグ」

「下品でも何でもだ。それにたとえヒュルケンの奴が嫁になったとしても、まったく勃《た》つ気がしない！」

「だから下品だと……。お前、一応王族なんだぞ？」

「俺の将来がかかっているのに、王族だの下品だのを気にしてられるか。何ならお前が嫁になればいい。俺が嫁になるより、よっぽど似合う」

「聖王神殿に身を捧げている私には無理だな」

「言ってろ。他人事だと思うなよ。うちのババアは何でもするからな。知らない間にお前が聖王親衛隊から除隊したことになっている、なんてことも普通にあり得るからな」

「おい」

そこでインベルグは深く溜息をついた。

「安心出来ねえんだよ。とにかく、俺はまだ結婚する気はない」

「わかった。しかし、私はヒュルケン将軍を騙すことだけはしないからそのつもりでいて欲しい。お前がどんな手を使うのかわからないが、助けを求められたらそちらに加勢させてもらう」

そんな物騒な会話が王城の片隅で行われていたことを、無論、当のヒュルケン将軍が知るはずはなかった。


「フィリオ、もう慣れたかい？」

王城内にある一室、儀礼庁長官ルキニ侯爵は、目の前に立つ少年に柔らかく話し掛けた。

「はい、父上……じゃなくてルキニ侯爵」

「いいよ、今は私とフィリオ以外には誰もいないのだから父上と呼んでも」

「それでは示しがつきませんよ、長官」

大きめの桃色の瞳をぱちりと瞬かせながら、フィリオはふわりと笑みを浮かべた。

「息子に叱られてしまった」

ペリーニ＝ルキニ侯爵は、少年のところどころ跳ねるようにふわふわと浮いている白銀の髪をくしゃりと撫《な》でた。

フィリオ＝キトはルキニ侯爵の亡き妻ベッティーナ＝キトの第二夫の息子だ。フィリオの母親と三人の夫たちとの間に出来た子供五人のうち、上から四番目の子で、次男である。

そのフィリオを王城の中に連れて来たのは、他ならぬルキニ侯爵の我儘《わがまま》のようなものだ。小さな頃は聖王歌唱隊に属して寮に暮らし、声変わりで除隊してからは、屋敷の中の切り盛りをしていた。しかしそれも昨冬までの話で、一番上の娘ドリスが結婚し、その夫が家令として屋敷で働くようになってからは、召使たちとのんびり家で過ごす他にすることもなくなり、手持無沙汰に見えていた。

ルキニ侯爵は、そんな少年の目を少し外に向けさせたかったのだ。本音を言えば、細やかな気配りが出来るフィリオには、このまま自分が長官をしている儀礼庁に入庁して貰《もら》いたいところなのだが、正規の職員になるには試験を受けなければならない。賢い子ではあるが、受験のためにあくせく勉強させるのも忍びなく、自分の侍従待遇でこうして城に伴って来たというわけだ。

婿を取った跡取りの長女ドリスは亡き母親と同じく評議員になるべく経験を積んでいるところ。長男は既に他家に婿入りし、次女は軍務庁の補給部署に勤務し、末娘は嫁入り先で花嫁修業と、一家の中は大層落ち着かない。母の第一夫とフィリオの実父でもある第二夫は十年前の戦で戦死し、五年前には母親も事故で失った。そんなキト家の中での唯一の安らぎ、気配り上手なフィリオが登城することに難を示した娘たちを宥《なだ》め説得した時の苦労といったら！

常日頃、役人や他の長官らと激しい議論を重ねるよりも疲れたと、昵懇《じっこん》にしている他の貴族に漏らしたほどだ。

家の中でのんびり暮らすのが悪いわけではない。ただ、同じ毎日の繰り返しでは息が詰まることもあるだろうと思ってのことだが、意外と環境に馴染《なじ》むのが早いのか、それとも生来の気質のせいなのか、儀礼庁の口煩《うるさ》い役人たちにもそれなりに受け入れられているようで安心している。

元々、歌唱隊での人気が高かったこともあるのだろう。引退を惜しむ声は今でも多い。フィリオを王城に連れて来たのはルキニ侯爵の独断ではあるが、ともすれば屋敷から一歩も出ない生活を送っているフィリオを馴染みのある空気に触れさせるのも目的の一つだ。その目論見《もくろみ》は成功したと言えよう。

　フィリオがルキニ侯爵の息子であるのは周知のことなので、特に嫌がらせを受けている様子もなく、ほっとしている侯爵だった。

「さて、私はもう行かなくては」

「会議ですか？」

「ああ。最近また少し南の国境の方がきな臭くなったようで、軍を派遣するかどうかが議題になっているんだよ。本当ならお前と一緒に昼食でもと思っていたんだが」

「僕のことは気にしないで、一人でも大丈夫だから。お仕事頑張《がんば》ってください、父上」

　にこりと笑うフィリオに、侯爵は髭《ひげ》の濃い顔を近づけてぎゅっと抱き締めた。そして、頬を交互に合わせて、いつもの注意を口にする。

「いいかい、フィリオ。暗いところや人のいない場所には絶対に行ってはいけないよ。それに着飾った女性たちが歩いていたらすぐに隠れなさい。お前みたいな若者は彼女たちのいい玩具《おもちゃ》になってしまうからね。気をつけるんだよ」

「はい」

　毎日言われていることだからすっかり耳に馴染んでしまった台詞《せりふ》だ。まるで小さな子供に言い聞かせる文句《もんく》だが、侯爵にとっては、幾つになっても可愛《かわい》い息子。それに長いこと一緒に暮らせなかった反動が、こうした過保護に繋《つな》がっているのだが、それを笑う気も要らぬ心配だと突っぱねる気も、フィリオにはない。

　ルキニ侯爵は母の第三夫でフィリオの父であると

同時に、実父の兄という伯父の立場でもあるのだ。若くして戦死した弟の子供はフィリオただ一人。何かあっては弟に顔向けできないという思いもある。勿論《もちろん》、父親としての愛情が勝っているのは言うまでもないのだが。

「行ってらっしゃいませ、長官」

側近と一緒に会議に向かう侯爵の広い背中に頭を下げ、その姿が見えなくなるまで見送った。それから小さく笑みを浮かべた。

「今日はいらっしゃるかな？」

今から向かうのは、城の中に点在する四阿《あずまや》の一つ。最近のフィリオのお気に入りの場所である。

フィリオがその人と出会ったのは、本当に偶然だった。侯爵の用を言いつかって財政庁まで出向いた帰りのこと。儀礼庁と財政庁は配置上は隣なので距離としては近いのだが、各々の独立性と機密性を保持するためか、庁舎の扉を潜《くぐ》るには間にある庭をぐるりと回る回廊を歩かなければならない。

建物が大きいというのもあるのだが、何より城の中には至るところに造られている庭園や小広場がある。景観もよく、散策するにもよいのだが、急ぐ時にはまどろっこしいと思うこともある。そんな時は庭を突っきる人もいるようなのだが、それも無理はないとフィリオは思う。

今も侯爵宛ての書類を山と抱えて歩いている最中なのだが、風がとても強いのだ。飛んでしまわないかとヒヤヒヤしながら、早く儀礼庁まで戻りたい一心で足を動かす。

しかし、お約束と言うのか、こういう時に限って邪魔は入るものだ。フィリオの場合、それは風だった。

「あっ！」

風に吹かれて顔に掛かって来た髪が邪魔で、片手で払い除《の》けるためほんの一瞬書類を押さえていた手を離した時、吹き抜けから流れ込んで来た悪戯《いたずら》な風が、一番上の書類を飛ばしてしまったのである。

実にありがちな光景ではあった。運悪く通り掛かった貴婦人たちは飾りや髪が乱れるのを押さえ、フィリオと同じように回廊を歩いていた役人たちも慌てて荷物を押さえという風に。不幸なことに、建物の陰からちょうど出たばかりで、まさに風の通り道に当たってしまったフィリオだけが書類を飛ばしてしまったのだ。多いから箱に入れようかという善意の申し出を断ってしまった少し前の自分を叱りたいくらいだ。

慌てて摑《つか》もうとしてももう遅い。紙はひらひらと風の海の上を船のように流れ飛ばされて行く。

「あっ！　待って！」

他の書類が飛ばないようにとしっかり腕に抱いたまま、フィリオは風に運ばれる紙片の行先を目で追った。軽やかに風に乗り、紙はひらひらと飛んで行く。フィリオは回廊から駆け下りて、見失わないよう庭園の向こうまで運ばれて行く白い紙を追い掛ける。

鬱蒼《うっそう》と茂る木々はなく、低い灌木《かんぼく》に囲まれて迷路のようになった先の、厚みのある垣根の上に舞い降りたのを確認したフィリオは、ほっと安堵《あんど》の息を吐いた。

「よかった……」

こんなことならもっとしっかりと抱え込んでいればよかったと思いながら、まだ少し息を弾ませ、ようやくのことで紙片を手元に取り戻したフィリオは、その時になって自分がどんな場所に立っているか気がついた。

建物と建物の間に挟まれた広い庭は、観賞用としては文句なしの出来栄えだが、同じ規模の庭は城の中に幾つも存在する。その中では小さな部類に入るこの庭は外側から眺めはするものの、中に足を踏み入れるものは多くない。二つの建物側には目隠しの木が並んでいることと、回廊側からは垣根を越えなければならないため、わざわざ降りてまで行く場所ではないという認識があるからだ。

フィリオ自身も何度かこの回廊を通りはしたものの、庭があるくらいにしか思っていなかった。だが実際に庭の中に入ると、

「なんか落ち着く」

そんな感想がするりと出て来てしまうほど、どこか居心地のよさを感じさせてくれる場所だった。決して建物から距離があるわけではないのにこの喧騒《けんそう》のなさはいっそ奇跡的かもしれないと感じるほど、静かな佇《たたず》まいの庭。植え込みの向こうには簡素だが木の椅子が設置され、休憩のためのひと時を与えてくれそうだ。

「こんなところがあるなんて気づかなかった」

寂しい場所ではないのに、誰もいない不思議。確かに見栄えという点では華やかで艶《あで》やかな花が咲き誇る表立った場所にある庭には劣るだろうが、一人静かに休みたい時にはこぢんまりしたこのくらいの方がちょうどいい。

フィリオの腰や胸の高さほどの植木や垣根が道を作り、行き止まりあり、分かれ道ありと迷路のように入り組んでいる。ではその先はというと、庭の中心は休憩や談話に利用出来そうな芝生が敷かれた空

間がある。

座ってしまえば植え込みに隠れて、姿が見えなくなる。それでなくとも普段からせかせか歩く回廊の通行人は、自分の手元や前方以外何も気にしないのだ。

フィリオは俄然《がぜん》嬉《うれ》しくなった。

椅子に座って猫のようにぐんと手足を伸ばすと、体中がすっきりした気分になる。

「気持ちいい」

歌唱隊にいた時にも城の中に入ることはあったが、神殿や広間など手前部分までがせいぜいだった。それでも「お城は広くて大きい」と思っていたのに、奥に行けば行くほど複雑な造りになる立派な建物には、最初は口が開きっ放しで、一通り見学に連れ出してくれたルキニ侯爵に笑われてしまった。

今では大分《だいぶ》慣れはしたものの、儀礼庁と関係のある他の建物にちょっとお遣いに出掛けるのでさえ、まだ少しドキドキする。侯爵と二人だけの時には幾分気分も楽になるが、よくしてくれる他の役人というのも、元来がそこまで外交的ではないフィリオには十分緊張するもので、人気《ひとけ》のない場所は実に貴重な空間に思えてならなかった。

そうして空に向かって顔を上げれば、澄んだ青い空が見える。まだ少し肌寒さは残るものの、早咲きの花々は明るい色を控え目につけ、季節が変わったことを教えてくれる。

「うちの庭の手入れはもう終わってたかなあ」

去年の今頃は庭師と一緒に帽子を被《かぶ》って手袋を嵌《は》め、雑草を抜いたり枯葉を集めたりと毎日忙しく過ごしていたことを思い出し、

「お城に行くようになってあんまり見る余裕なかったし、今度の休みの日には庭の手入れで手伝えるこ

とがないか訊《き》いてみよう」

と決めた
その時である。

「ん……」

という呻《うめ》き声が聞こえたのは。

フィリオは桃色の瞳を大きく見開いて、文字通り飛び上がった。まさか自分以外の人がいるとは思わなかったのだから、仕方ない。

「誰かいらっしゃいますか？」

小さな声で尋ねるが返事はない。だが、注意深く周囲の様子を窺《うかが》えば、確かに人の気配はするのだ。

フィリオは書類の束を椅子の上に置き、飛ばないように、持っていたハンカチに木の根元から拾って来た石を包んで乗せ、そっと椅子の上に膝立ちになって、裏側——植え込みの向こう側を覗《のぞ》いた。

頭一つほどの幅の、低い植え込みの向こうは、同じように連なる緑の植え込みで四角に区切られ、真ん中にぽっかり空いた空間が出来ていた。その芝生に白いマントを頭から被り丸くなって横になっている人がいる。

（さっきの声、あの人のかな？）

眩《まぶ》しい日差しを避けるためなのか、体半分は隠れないまま上半身だけを隠して寝転ぶのは、見える範囲での体格と着衣から軍人の男だとわかった。

「……大きい人だなあ」

小柄なフィリオが驚くほど、大きな男だった。極端に小さなわけではないフィリオだが、クシアラータ国の平均的な男よりは小さい自覚がある。家族の中には兄や姉の夫のように体の大きな人もいるが、その誰よりも大きく感じた。丸くなって寝ている状態でこれだから、真《ま》っ直《す》ぐに立ち上がったらどれくらいの身長なのだろうか。

「入り口に頭がつっかえたりして」

城の中の部屋はどこも天井が高く、入り口の扉も大きい。いくらなんでもそこに頭が当たることはないだろうが、目の前で寝ている男の背丈は城の中で見た中では最も大きな部類に入るのではないだろうか。遠くからほんの少しだけ見たことのある第三王子は体も大きく立派だったが、もしかするとそれと同じか、王子よりも大きいかもしれない。

「いいなあ……」

本音が漏れてしまったのは、この際仕方ない。

国を守るため戦に出て行く軍人は、幻獣使いなど一部特殊な技能を持つもの以外、男女を問わず体格の立派な人が多い。長い野外生活に耐え、頑丈で強い武器を扱うのだから、それだけの体が必要なのだ。

フィリオはもう微《かす》かにしか覚えていないが、実父も大きかった気がする。その大きかった父親から生まれたフィリオが小さいのは、きっと自分たち兄弟の母親が小さかったからだろうと、ルキニ侯爵は笑いながら慰めてくれた。同じ両親から生まれた実父の兄である侯爵自身は普通の背丈なので、やはりフィリオの実父が抜きん出ていただけのようだ。

丸くなって眠る様子だけを見ていると、軍人特有の剣呑《けんのん》さはまるで見えて来ない。顔が見えないせいなのか、眠る姿のどこにもピリピリした警戒心のようなものがなく、無防備に見えるからなのか。

好奇心からフィリオは、ほんの少しだけ近づいた。本当におそるおそるという感じで、手を伸ばしても届かない距離だ。そこにそっとしゃがみ込んで、身じろぎしない男を見つめる。

見知らぬ人には近づいてはいけないと侯爵には口を酸っぱくして言われているが、何となくこの男は大丈夫な気がした。本当に、何となく思っただけで根拠も何もあったものではなかったけれども。

しかし、じっと見ていても男が身動き一つしないのでは不安も出てくる。

「倒れて動けなくなってるってことはないよね？」

寝ているだけだと思ったが、具合が悪くなって意識不明だったのなら、黙って見ているだけではあまりにも非道というもの。

そういえば、最初に聞こえたのは呻き声ではなかっただろうか？　それとも単なる寝言だったのか？

「顔が見えないからわからないけど……」

マントは顔を覆っているだけで、胸から下の部分は見えるのだが、多くの衣類を重ねている姿からは呼吸しているのかどうかも確認することは出来ない。

「ちょっとだけ、いいかな？」

ほんの少し、息をしているのだけ確認出来ればいい。苦しそうな顔をしていなければそれで安心する。

フィリオは膝立ちのままそっと軍人に近づき、そろりと手をマントに伸ばした。そしてもう少しで指先が触れるという時、

「わっ！」

いきなり目の前が真っ暗になり、気づいた時には草の上に押し倒されていた。

ハッとしたのも一瞬、我に返ったフィリオはどうにかして抜け出そうと体を動かすことを試みたが、両手首はきつく握られ、まるで磔《はりつけ》にされているような格好だ。

「……や、やだっ！　助けてっ！」

危険人物に近づいてしまったのかと後悔しても、もう遅い。体の上に圧《の》し掛かる重みは、小柄なフィリオを呆気《あっけ》なく押さえ込んでしまう。辛うじて動くのは足の先と首だけで、腕も肩も動かせない。それは恐怖以外の何ものでもなかった。

「やだっ、止《や》めて！　な……何もしないから助けて、助けて……っ」

視界が塞がれていることで、さらに恐怖は増す。

自分がどうなるかわからない。生殺与奪の権利は相手が持っているのだ。

今まで味わったことのない出来事に涙はとめどなく落ちて来る。声はもう上擦ってしゃくりあげるように切れ切れにしか伝えることは出来ない。後はもう、ひっくひっくと声にならない泣き声を上げるだけ。もう十七歳だとか、男だとかそういうものはどこか遠くに飛んで行ってしまった。軍人の息子だから気丈にしなくてはと思っても、思うだけで体は正直に怖いと泣いてしまうのだ。

このまま殺されてしまうのだろうか……？

まさか城内でそんなことはないと思いたいが、機嫌を損ねることをしてしまったのだとしたら？

止まり掛けた涙がまたじわりと滲《にじ》んで来る。

暫《しば》くの間、その場にはフィリオの泣く声が微かに響くだけだった。

それが揺らいだのは、唐突に体の上から重みが消え、ぱっと明るい日差しが顔の上に降り注いでからだ。

「……え……？」

眩しくて一度開いた瞼《まぶた》を閉じたフィリオが次に目を開けた時、予想された空の青は見えなかった。代わりに見えたのは、空よりも近く、空よりも青い、青玉《サファイア》のように光る二つの瞳だった。珍しい白い肌よりも、強く印象に残る青色。

その見下ろす青を見上げるフィリオの桃色の瞳。

フィリオの顔を確認した相手が驚いたように見えたのは気のせいだろうか？

ただただ見上げたまま身動き出来ずにいると、不

意にその目に宿っていた鋭さが薄れ、

「悪かった」

小さな声が聞こえた。

自分が出したのではない。となると、発生源は圧し掛かる男しかいないことになる。

思わず見返したフィリオの視線からふいと目を逸《そ》らした男は、ゆっくりと体を起こして座ると、手早く自分の身を探った。何をしているのかわからなかったが、しばらくパタパタ触った後、ゆっくりとフィリオの顔の方へと手を伸ばした。

(殴られる!?)

思わず目を閉じてしまったフィリオだが、

「いじめない。涙を拭くだけ」

気落ちした声と共に目元に押し当てられた布で、男が何をしたかったのかに気づいた。数回目に押し当てられたのは男のシャツの袖で、加減をしながら何度も押し当てて涙の痕を拭ったのだった。

それから何度か検分しながらもう滴《しずく》が残っていないのを確認した男は、仰向《あおむ》けに寝転んだままのフィリオの脇の下に手を入れて、ひょいと抱え起こした。

軽々と持ち上げられてしまったのは、体格差を考えれば甘んじて受け止めることは出来る。ただわからないのは、

「……あの?」

どうして自分が男の足の間に座っていなければならないかということだ。

フィリオを抱え起こした男は、すぐには解放せず、芝生の上に座り込んで胡坐《あぐら》をかき、その上にフィリオを乗せてしっかりと腰に腕を回しているのである。組んだ足と地面の間という微妙な隙間に、そこがまるで以前からの定位置のように小柄なフィリオはすっぽりと嵌まってしまう。

あっという間の状況と男の態度の変化に、涙など、疾《と》うに引っ込んでしまった。

「あの、何をなさってるんですか？」

恐々《こわごわ》と尋ねると、軍人の男は首を傾《かし》げ、

「泣いてたから」

と口にした。

「それは……」

当人を前にして怖かったのだと言う勇気は、残念ながらフィリオにはなかった。ただ、心配そうな視線に気づき、「涙、もう引っ込みました」とだけ伝える。

それから、「涙を拭いてくれてありがとうございます」とも。

そう言えば、男はほっとしたような安心したような笑みを浮かべ、フィリオの頭を撫で出した。

（ぐしゃぐしゃになっちゃってるだろうなあ）

泣いていた自分を慰めるために頭を撫でていたのだとすれば、今は「泣き止んでいい子」とでも思っているに違いない。

家族に頭を撫で回されることが多いため、慣れていないわけではないのだが、初対面の相手にこうまで気に入られる頭をしているのだろうかと、少し気になる。クシアラータ国の大多数が持つ銀髪よりも、もっと輝く白銀の髪はフィリオ自身も気に入っているため、他人に気に入られるのは悪い気はしないのだが。

「重くないですか？」

ずっと膝の上に乗せられているのが気になって尋ねるも、男は黙って首を振る。先ほどちらりと笑みを浮かべた顔には、今はわかるほどの表情の変化はないが、青い瞳の中には楽しそうな揺らぎが見え、フィリオは諦めてそのまま腰掛け代わりに使わせて貰うことにした。行儀が悪いとは思うのだが、相手が離してくれないのだから仕方がない。

「でも重くなったら言ってくださいね。長く乗ったせいで痺《しび》れて立てなくなったら困るから」

屈強で男前な軍人が足を痺れさせて悶《もだ》える姿はそれはそれで楽しそうだが、フィリオはそこまで意地悪ではない。単なる下っ端兵士じゃないどころか、よく見れば襟や胸にたくさんつけられた記章は、男が軍でも上の地位にいるだろうと予想される。

(そんな人の膝の上に子供みたいに乗ってる僕が言うのもなんだけど……)

頃合いを見て下ろさせて貰おうとこっそり思うのだが、

「頑丈だから大丈夫」

まるで心の中を読まれたように言われ、赤面する。

「ずっと乗っても問題ない。エメより軽いから平気」

「エメ？　エメって誰ですか？」

「エメは俺の家族」

娘か息子でもいるのだろうか？

自分よりも重いと言うからにはそれなりの年でなければ無理だと思い首を捻《ひね》っていると、自分でも言葉足らずだと思ったのか、

「エメは――犬？」

なぜ疑問形。

自分に訊かれてもわかりませんよと笑いながら、わからないものはわからないとフィリオはあっさり結論づけた。この短い会話の間で長い台詞を一度として言っていない男から、詳しい説明を聞き出すのは難しいだろうと判断したからだ。

「エメさんは犬みたいな動物なんですね。それで僕より重いから慣れてるって」

男は嬉しそうに頷いた。それから思い出したよう

に尋ねる。

「名前は？」

「僕はフィリオと言います。フィリオ＝キトです」

「フィリオ……」

何やら噛《か》みしめるように名を呟《つぶや》かれ、恥ずかしくなったフィリオは少し慌てながら同じことを男に尋ねた。

「もしよろしければでいいんですけど、あなたのお名前も教えてくれますか？」

男はぱっと顔を輝かせた。

「ベル。本当はもっと長いが面倒だからこれでいい」

「え？　でも……」

「いい。フィリオならいい」

本当はもっと長く正式な名前があるはずだ。それをあえて略称か愛称のような呼び名で呼んで欲しいと言うベルは、フィリオがどんなに遠慮しても譲らなかった。

「じゃあベルさんって呼ぶことにしますね」

本名を教えられない何かがあるのかもしれない。お忍びの貴人には多いと聞いている。それにベルは頑固で、退《ひ》きそうにない。

（本人がそう言うのなら……）

まだ戸惑いはあるが、妥協するしかないと思い切り、フィリオはベルという愛称を受け入れた。

それから二人は主にフィリオが質問し、ベルが答えるという形で会話を続けた。どうやらベルがここにいたのは、何も暢気《のんき》に昼寝をしようとしてのことでなく、交際を迫る女たちから逃げるために庭園に入り、寝そべってやり過ごしているうちに眠ってしまっていたという実に簡単な理由だった。

フィリオが傍《そば》に寄った時にも、女に寝込みを襲われたと勘違いしてあんな行動を取ってしまった、と。

ベルはそれを大真面目に話すのだが、

（普通なら僕みたいに怖がるのかもしれないけど、寝込みを襲うくらい積極的なクシアラータの女の人なら、押し倒されたらちょうどよかったって喜ぶんじゃないかな）

そう考えると、ベルのことを思えば見つけたのがフィリオでよかったのかもしれない。とにかくクシアラータの女たちは貪欲なのだ。淑女より烈女が何よりの褒《ほ》め言葉で名誉だと、胸を張って宣言するくらいだから、気質のほども知れよう。

「女の人が嫌いなんですか？」

ベルは眉間にくっきりと谷間を作った。

「嫌い……じゃないが好きじゃない」

「苦手？」

今度は大きく頷く。

「怖い？」

再度頷き、溜息交じりに言う。

「どうして俺を追い掛けるのかわからない」

それを聞いたフィリオはちょっと呆《あき》れた。会ったばかりの男だが、体格も顔立ちもよく声もいい。何より、胸元を飾る多くの記章はそれなりの地位を示しており、女たちにとっては格好の獲物なのだ。地位と見た目は十分に女たちを引き付ける素材なのだ。

ベルはそれを自覚していない。

（ベルさん、本気で好意に気づいていなさそう……あ、でも、好意ってわけでもないのかな？　よくわからないけど……）

好意が先なのか、射止めることが目的なのか。

どちらにしても、今も憂鬱だと体全体で示すベルは、ことんとフィリオの頭上に顎を乗せ、悩まし気に嘆息する。

「それはきっとベルさんが素敵だからだと思います

よ」

「俺が素敵？」

　信じられないことを聞いたと言わんばかりに、ベルの青い目が丸くなった。

「はい。体も大きいし、顔も整ってて素敵だし、羨ましいです」

　顔はともかく、これ以上背丈が伸びる将来が見えないフィリオの本心からの羨望だったのだが、

「まさかフィリオは女たちに追い掛けられたいのか!?」

　ベルの顔は信じられないと叫んでいた。

「えっ!?　違いますっ！　違います。そうじゃなくって、とってもかっこいいから……背も高いし」

　思わず思っていたことをそのまま声に出して反論したフィリオだが、

「フィリオは可愛いぞ」

　一転、満面の笑みを浮かべたベルに言われ、面食らいながらも礼を口にした。

「……ありがとうございます」

　ベルは慰めてくれたのだろうが、可愛いよりはかっこいいと言われたい年頃の少年にはあまり嬉しくない褒め言葉だ。ただ、からかうつもりは毛頭なく、悪気もないのはわかるだけに文句も言えない。

　そんなフィリオの心情を知ってか知らずか、

「それに毛並がいい」

　という発言まで出て来る。

「毛並って……」

　それはもしかして髪の毛の手触りのことだろうか？

「ふわふわで可愛い」

「ふわふわ……」

　思わず白銀色の頭に手を乗せたフィリオの手とベ

ルの手が重なった。

「あ、ごめんなさい」

「……いやいい」

慌てて手を退《ど》かせば、同じように男も手を戻し、じっと手のひらを見つめている。

「どうかしましたか？　もしかして、ぶつかった時に爪でひっかいちゃったりしたんじゃ」

軍人の手に怪我《けが》をさせて剣を握れなくなったら大変だと、ベルの手を摑んだが、目を近づけても傷痕はどこにもなくほっとした。以前、街の中で軍人にぶつかって怒鳴られている町民の姿を見たことがあるだけに、気が気じゃなかったのだ。

ほっとしたのも束《つか》の間《ま》、フィリオの手は男の大きな手にぎゅっと包まれてしまう。

「小さな手だ」

「それはベルさんに比べたらほとんどの人が小さいんじゃないでしょうか」

体が大きなだけでなく、足も手も大きい。それに堅くてごつごつした戦う男の手である。

（父上の手もこんなだったかなあ）

ふと思い出すのは、戦で死んだ父親の手。最後に覚えているのは、抱き上げて頬擦りし、それからさっきのベルと同じように頭を撫でて出て行った姿だ。幼い頃のことなので、幾分薄れかかってはいるが忘れられない大切な思い出だ。その実父の手も同じように厚く堅く、フィリオはそんな実父の手が大好きだった。歩く時にはいつも手を繫ぎたがっていたとルキニ侯爵が笑いながら語ってくれるくらいに。

「父上……」

思わず声に出してしまい、すぐに気づいて赤面するもベルが気づいた気配はなく、ほっとする。それをいいことに、握り締められるままベルの手の大き

さと温かさを堪能していたフィリオだが、

「あ」

実父を思い出したと同時に、もう一人の父であるルキニ侯爵のことを連想し、自分がお遣い途中だったことまで連鎖的に思い出してしまう。

自分はなぜ庭園にいるのか？

（書類を追い掛けて来たんだった！）

急ぎの書類ではないことは説明されているからわかっているが、だからといってのんびりとしてよいわけはない。何も用がない時なら許されもしようが、大事な書類を抱えている時にほっこり和んでいるのは、せっかく城に連れて来てくれた侯爵の善意を無にしてしまうことになりかねない。

フィリオは慌てて膝の上から立ち上がった。

「ベルさん、ごめんなさい。僕、仕事の途中だったのを思い出しました」

下からフィリオを見上げるベルは、逃がれた手を名残惜しそうに見つめている。

「財政庁からの帰りだったんです。こんなことしてる暇なかったのを忘れてました」

ひょっこりと垣根の向こうを覗き込めば、椅子の上に置いた書類は、ハンカチを乗せた時と同じままの状態で変化はない。

急いで木の椅子まで戻り、書類を抱き締めたフィリオは自分の後をついて来たベルにぺこりと頭を下げた。

「眠っていたところを起こしてしまってごめんなさい」

それから回廊の方まで背伸びして目を凝らし、ベルに笑い掛けた。

「女の人はどこにもいないみたいだから、もう大丈夫だと思いますよ」

　木立で少し隠れてしまってはいるが、建物のある方角から女性特有の高い声は聞こえないから逃げ回る必要はないだろう。

　フィリオが言うまでもなく、身長に勝るベルにはもっと遠くまで見渡せるはずだから、立ったままでいるということは心配する必要がない証拠のようなものだ。

　こうして向かい合わせで立っていると、自分の小ささよりも相手の大きさがより際立つことに気づかされる。頭一つ半ということは、自分が妹を見下ろすよりもっと下に相手の頭があるということだ。

（それにおっきい……）

　一見して大きく見えないのは、恰幅《かっぷく》がよいというほど横幅があるわけではないのと、体全体の均整が取れているせいなのだろう。背丈は言うに及ばず、当然ながら手足も長く、姿勢もよい。遠くから二人が並んでいるところを見れば、大人と小さな子供くらいに思われてしまうかもしれない。

　男は名残惜しそうに青い目でフィリオを見下ろすが、ここで絆《ほだ》されてしまってはお遣い失格だ。

「そ、そんな目をしても駄目なものは駄目なんですからね。ベルさんも仕事があるんじゃないですか？　仕事がなくて寝ていたんじゃなくて、ただ逃げて来ただけだったたんでしょう？」

　ふむ、と目を細めてベルは頷いた。

「会議がある」

　その堂々とした悪びれない態度に慌てたのはフィリオだ。

「だったらすぐに行かなくちゃ。もう始まってるんじゃないですか？　大丈夫ですか？　叱られませんか？」

　焦って言うのだが、

「叱られはしないと思う。いつも遅刻する奴がいるから」

ベルは平然としたもの。どこがいけないのか悪いのか、まるでわかっていない。唖然《あぜん》としたフィリオは、ぽかんと間の抜けた顔でベルを見つめ、気を取り直して首を横に振った。

「だからって、ベルさんまで遅刻していいってわけじゃないでしょう？」

もう……と、眉を下げてベルを見上げる。

「遅刻の常習者って目で見られたくないなら、真面目にしないと。悪い人だって思われたくないでしょう？」

「フィリオは悪い人は嫌いか？」

フィリオは苦笑した。

「悪い人を好きな人はあんまりいないんじゃないですか？」


極稀《まれ》に、悪い男が好きだと言って憚《はばか》らない女性たちもいるが、牢屋《ろうや》に捕らえられるような極悪人を本当に好きになる人はいないはずだ。クシアラータの女たちは誰もが強く逞しく自立精神旺盛だから、自分にはない部分にほんのちょっぴり惹《ひ》かれているだけではないかと思っている。

勿論、フィリオ自身はそんなことはない。

「僕は悪い人はやっぱり好きじゃないですよ」

そう告げると、

「じゃあ俺も真面目になる」

即座に真顔でそう宣言した。

そこに含まれる「これでいい？　嫌いにならない？」という感情は、言い換えれば顔色窺いに他ならず、フィリオは「あはは」と声を上げて笑った。

「今まで真面目だったんならそのままでいいんですよ。悪い人にならなかったら」

ベルがこくりと頷くのを見て、フィリオは書類を抱えて頭を下げた。

「それじゃあ、もう行きますね。さようなら」

「あ」

という小さな声と、ベルが手を伸ばすのが視界の端に見えた気がしたが、フィリオは振り返らなかった。ベルの顔を見てしまえば、絆されて戻ってしまいそうな気がして。

またという言葉は不要だろう。

今までに会ったことのない相手なのだ。

(もう会うことはないかもしれないな)

もしも会うことがあったとしても、それはきっと二人だけじゃない。だから、こんな風に話をする機会はもうないだろう。

フィリオは回廊へ戻り、儀礼庁へ戻るため足を早めた。歩きながら、遠くになりつつある庭園を振り返ると、ベルの藍色の髪が緑の植え込みの中に見え隠れして、くすりと小さな笑いが零《こぼ》れる。

(いつまでもそこにいたらまた女の人たちに追い掛けられてしまうのに)

これだけ距離が離れているのに、視線を感じる背中が熱い。

無骨だったり粗野だったりという印象もないことはない軍人の男だったが、最初の行動はともかく、言葉を交わせばすぐに怖さは消えてなくなった。

地面に押さえつけられた時にみっともなく泣いてしまいはしたが、よく考えるまでもなくあれはフィリオにも非があるのだ。たとえ具合を確かめるためとはいえ、一声すら掛けず軍人に無防備に近づいたのだから、怪我をしなかっただけでもよしとしなければならない。危害を加える者に対して容赦はしないのが武人という認識が一般的な世界で、見知らぬ誰かが足音を忍ばせて近づけば誰だって警戒するに決まっている。

おそらく、咄嗟《とっさ》に力加減してくれたのだろう。そうでなければ、男の大きく力強い手は、フィリオの細い首など片手で簡単に折ることが出来たはずだ。

ここが戦場だったら、そしてフィリオが男を害そうと少しでも思っていたのなら、気づいた時にはもう殺されてしまっていたに違いない。

「泣き顔見られちゃったなあ。恥ずかしい。みっともないって思われなかったらいいんだけど」

クシアラータ国民とは違う明るい白い肌の軍人の名を、フィリオはまだ知らない。

それが国で最も有名な三宝剣の一人、有名なウェルナード＝ヒュルケン将軍その人だったことを。

そして、すぐにまた顔を会わせることになることを。

そして今――。

会議に向かうルキニ侯爵と別れたフィリオは、建物の裏手に広がる木立を抜け、ひっそりとした小さな庭に向かった。景観もよく丁寧に整備されているそこには小さな白い四阿が建っていて、そこがフィリオの目的の場所だった。

少し奥まった場所というだけで人が訪れることがないのは、いつも丁寧に整備している庭師には寂しいことなのだろうが、人の多いところが苦手なフィリオには、これくらいの静けさは有難い。

たまに庭師とすれ違い様に言葉を交わすくらいで、彼等もここ二十日ほど毎日のように顔を合わせている少年のことを詮索することはない。その気遣いもまた嬉しく思う。

　そうして昼食が入った籠を抱えて四阿を覗き込んだフィリオは、自分と同じようにこの場所を利用している相手が既に来ていることに顔を綻ばせた。

「こんにちは、ベルさん」

　椅子の背もたれに体を預けてうとうとしていたベルは、フィリオの声にはっと顔を上げ、口元を緩めた。

「もうお昼ご飯食べました？　今日はね、ちょっと芋のいいのがあったからうちの料理長に頼んでお菓子を作って貰ったのを持って来たんだけど、食べます？」

　籠の中から野菜と肉を挟んだパン、水筒に入れた飲み物、それからリンゴと芋を漉《こ》して焼いた菓子を小さなテーブルの上に並べる。

　興味津々に見ていたベルは、

「どうぞ召し上がれ」

　声を掛けると待ってましたとばかりに手を出す。その食べっぷりはさすが軍人というべきなのか豪快で、具をたっぷり挟んだパンの半分が一口でなくなってしまう。

「慌てなくてもベルさんの分はちゃんとあるから。ほら、ゆっくり噛んで食べなきゃ喉につっかえてしまいますよ」

　フィリオは笑いながら水筒からカップに水を移し、飲み物を差し出した。受け取ったベルは、パン同様に一気にゴクゴクと飲み干す。それでいてがさつさを感じないのは、所作のところどころに育ちの良さを思わせる品を見ることが出来るからだ。

（何だか不思議な気分。もうベルさんと会うことはないと思っていたのに、こうして毎日顔を見て、お

昼ご飯を一緒に食べているんだから）
ぱくぱくとご機嫌で食べるベルを見ながらフィリオは、二十日ほど前のことを思い出していた。

ベルと別れた日から数日の間、フィリオは儀礼庁から出歩くことがなかった。これは別にベルに会いたくなかったとか避けていたというわけではなく、単純に書類整理で多忙になってしまったからだ。

気にならなかったわけではない。ふとした時に思い出すベルの表情や青い瞳に、もう一度会いたいと思ったのは一度や二度のことではない。家族以外とあんなに楽しい時を過ごしたのは初めてのことだったのに、どうしてあっさりと別れることが出来たのだろうと後悔もした。

そんな風に過ごしていた中、久しぶりにお遣いで財政庁に向かう回廊を通った時、ほんの好奇心から覗いてみたのだ。またベルが隠れているのではないだろうか、と。

奇《く》しくも先日会った時と同じくらいの時刻。いれば挨拶くらいはしようという心積もりで垣根の中に足を踏み入れたフィリオは、出会った場所の椅子に腰掛ける男の姿に目を瞠《みは》り、

「ベルさん」

と名を呼ぼうとした。

ところが、フィリオが声を出すよりも先に気配に気づいたベルは、素早い動作で立ち上がると、突進するような勢いで駆け寄り、そのまま広げた両腕の中にフィリオを囲い込んでしまったのである。これには驚いた。この場所にいたことにもだが、まさかここまで歓迎されるとは思いもしなかったからだ。

「もしかして、待ってくれてました？」

顔の真横で首が上下に振られた気配がして、抱き締める男の腕の力が強くなる。

「ごめんなさい、待ってるって知らなかったから」

「――いい。来てくれたからいい」

絶対に逃がさないぞと意思表示をするようにかなりの強さで抱き締められて、何をどう言えばよいのかわからないままフィリオは椅子に座ることを提案したのだが、その時もベルは自分の膝の上に座らせるという徹底ぶりを見せていた。

（なんか懐かれちゃったのかなあ）

今回がまだ二度目の邂逅《かいこう》。見た目から人と触れ合うのは好きには思えないのに、禁欲的で真面目な雰囲気に反してのこの触れ合いぶり。困惑は勿論あるのだが、それよりも先に「仕方ないなあ」という言葉が浮かんで来るのは一体なぜなのか。

本当に邪気も下心も何もなく、ただくっついていればそれでいいというのがありありとわかる態度。

（気に入られているってわかるのは、あえて言うなら髪の毛かな？）

気がつけば頭の上に乗せられている手。ベルの方も無意識なのだとは思うが。

そうして二度目の出会いを経て、毎日のように会う約束をしてしまったのは、別れ際に見せた寂しそうな表情と「今度はいつ会える？」と尋ねているのが丸わかりの期待に満ちた目のせいだ。

完全に絆されたと思ったものだ。

ただ、最初に出会った場所で会うには少しフィリオの側に気後れがあった。あくまでも自分は儀礼庁長官の側仕《そばづか》えの立場で、役人や貴族が通行する回廊のすぐ傍で軍人のベルと話すのは、あまりにも目立ち過ぎると懸念してのことだった。

それを伝えた時、ベルは少し考えるように首を傾け、それから「わかった」と言った。

「いい場所がある。そこならフィリオもきっと好きになる」

そんな都合のいい場所が城の中にあるのだろうかと半信半疑だったフィリオは、翌日、待っていた男に手を引かれ連れて行かれた小さな佇まいの四阿に、ここなら大丈夫かもと胸を撫で下ろした。

儀礼庁などの役所のある建物からそう遠くもなく、さりとて薄暗い場所でもなく、四阿の太い柱は人の目を遮るのに役に立ち、辺鄙《へんぴ》な場所ではない静かで気持ちのよい庭。

「ここならいいか？」

もしも気に入らないと言ったなら、すぐにでも他の場所を探しに出掛けるつもりなのがよくわかる男の気遣わしげな問いに、フィリオは「大丈夫」とにっこり笑って頷いた。

「とっても気持ちいい場所ですね。僕も気に入りました。もしかしてここ、ベルさんのお気に入りなんですか？」

「時々昼寝しに来る。煩いのから逃げる時にも便利」

「なるほど。隠れ場所にはぴったりかもしれないですね。こんなに近くにいるなんて、却《かえ》って見つかりにくいものだし」

軍本部とは少し距離はあるが、そこまで遠いほどのものではない。ベルのように立派な体軀《たいく》の男なら、特徴を言えばすぐに見つかってしまうだろうが、今までも利用して来たのなら間違いはないだろう。

フィリオにすれば、変に目立たなければいいのだ。

互いのことを気にしていた二人の取った行動が導いた必然とも言える出会い。

それから、今日まで二十日間、毎日のように昼を過ぎればフィリオは四阿に向かって駆け出し、そこでベルとの短い会話を楽しむという生活を繰り返していた。

最初は自分の分だけだった食事も、物欲しそうに見ている青い目に、気がつけばいつの間にか多めに作って持って来るのが日常になってしまった。キトー家の料理人が作るため、種類や品数はお任せなのだが、早く帰宅して余裕があれば自分でも厨房《ちゅうぼう》を借りて簡単なものを作って持って来るようにもなった。

家の采配を取る家令は長姉の夫で、姉よりもかなり年配で穏やかな義兄がフィリオの望むままにさせてくれるのは有難いことだ。侯爵は、子供たちが自由に暮らせるようにと何かと便宜を図ってくれるため、女性の権力の方が強くなりがちなクシアラータ国の貴族の子息としては、かなり融通の利く暮らしだと思っている。

侯爵には、友達が出来たので昼はその友達と一緒に食べることもあると説明している。親しい友人のいないフィリオに出来た新しい友人のことを、それはもう喜んでくれた侯爵には、早く紹介してくれと言われているのだが、まだ実現していない。どう説明すればいいのかを測りかねているのが一つと、午後の少しの時間を共にするようになってなお、まだベルがどんな人物なのか聞きそびれていたのが大きい。

地位の高い軍人というだけでそれ以外の情報は未だに何も知らない。箱入り息子として家族や歌唱隊の中で大事に育てられてきたフィリオは、まだ城勤めも浅く、名士や爵位、身分の高い人々の名前は知っていても、直接対面したことのある人しか顔はわからない。ルキニ侯爵が「まだ早い」と引き伸ばしているため、貴族の嗜《たしな》みである社交界にもまだ出たことはないのだ。加えて噂にも疎く、親しくなった今でもベルのことは未だに謎のままだ。

「ベルさんは、軍の人なんでしょう？　忙しいですか？」

「今はそうでもない。だが時々忙しくなる。不真面目なのがいるから」

「前に言っていた会議に遅刻して来る人？」

ベルは面白くなさそうに頷いた。毎日会って話すうちに、あまり表情を変えない中にも喜怒哀楽がしっかりと表示されることに気づいてから、フィリオは恥ずかしがらずに顔や目を見て話すよう心掛けていた。

基本的に整っているベルの顔を見るのは嫌ではなく、今では自分の発言の何にどう反応するのかを見るのが楽しみにさえなっている。

短い会話の中でわかったのは、ベルは元々この国の人間ではなく、十年前の戦がまだ本格化する前、第一王女に婿入りする友好国シス国の王子の護衛として派遣された中の一人だったということ。銀髪や金髪が多いクシアラータの中で黒に近い藍色の髪色が目立つのは、それが理由だ。肌の白さも同様で、軍人の中にはベルと同じように援軍として派遣され、そのまま残るものも多かったらしい。他の部署に比べて明らかに他国人の血筋だとわかる身体的特徴を持つものが多いのも、軍の大きな特徴の一つだろう。

混血が進み、街の中にも他の国から移住して来た民は多く、中には黒髪や茶髪も多くおり、最近ではそう珍しいものではなくなって来たが、間近に見る機会がなかったフィリオには、ベルの容姿は珍しくもあり、美しいと思うものの一つだ。

朴訥で無骨、そんな性格なのに、意外にお洒落《しゃれ》なのは観察していて面白い。指には金や銀の指輪が両手に合わせて四つも嵌められており、耳には瞳と同じ青玉の飾りがぶら下がっている。黒に灰色の模様の入った軍の制服につけられた記章の他にも、剣帯にも飾り紐《ひも》が結わえられ、なかなか華やかな印象だ。

すっと通った眉や鼻筋など整った容貌と合わせれば、女性たちが追い掛けたくなる気持ちもわかる。同性の自分から見ても十分に男として異性を惹きつける魅力があるのだ、ベルという男は。

その男が、である。

取り立てて取り柄のない少年にべったりとくっついているのは、傍から見ればおかしな光景で、下手すれば笑われかねないのではないかと、近頃思うようになって来た。

地位を聞いたことはないが、軍でもそれなりの立場にいるだろう男に変な噂を立ててしまうのは、何となく忍びなく、それがまたルキニ侯爵に引き合わせるのを躊躇《ためら》わせる理由でもある。

(だって絶対に父上の前でもくっついていそうだもん)

杞憂《きゆう》かもしれないが、そうじゃないかもしれない。

何しろ、フィリオはまだベルの軍人らしいしっかりとしたところを見たことがないのだ。一度だけ、押し倒された時に感じた恐怖は他のものの比ではなかったが、まさか父の前で殺気を放つわけもなし、どういう場所でどんな時にベルのことを話すのがよいだろうかと、最近では少し悩んでもいた。

(それには僕がベルさんのこと、ちゃんと知ってなきゃいけないとは思うんだけど)

本名と階級は必須だろう。シス国出身の婿王子について入国したのだから、身元はしっかりしているはずだ。そもそも、どの国の出身かは他国籍人が多く住むクシアラータでは問題ではない。代々評議員を輩出しているキト家の一員として、一応の身上は後々のことを考えれば知らないでいるよりも知っていた方がいいに決まっている。

しかし、四阿に二人でいると世情とは隔離された場所にいるようで、どうでもよくなってしまう。これもまた、ベルについてなかなか知ることが出来ない理由でもある。

（絶対ベルさんのせいだと思う）

今は大人しく本を読んでいるベルの頭はフィリオの膝の上だ。いつの間にか四阿には柔らかな敷物が持ち込まれ、固い石造りの椅子に座っても辛《つら》くないように変わっていた。さらに、四阿に来るたびに敷物の数が増えているように感じるのは、気のせいではないはずだ。

（どんな顔して持って来るんだろ）

大きな剣を腰に差して軍服を着た大男が、大真面目な顔で優しい風合いと色使いの羽根枕やふかふかの敷物を運ぶ姿は、目撃されれば奇異に映ったことだろう。想像すれば笑いも浮かぶし、現場を見てみたいとも思う。

（でも僕のためなんだよね、きっと）

最初に案内された日は、夏も間近というのに生憎《あいにく》と曇り空で少し肌寒く、石の椅子に座った時に感じたひんやりとした冷たさに、体が硬くなったのを男は気づいていたに違いない。その後すぐにいつものようにひょいと抱え上げられて、膝の上に座らされたから気づかなかったが、翌日にはもう椅子の上に毛織の敷物が敷かれていた。

最初はフィリオのために持ち込まれたそれら敷物類は、今ではベル自身も気に入っており、布団のように寝転がるのが最近のお気に入りだ。勿論、フィリオの太腿《ふともも》を枕にするのが大前提なのは言うまでもない。

　何も考えていないように見えるが、ベルが読んでいる本は様々で難しい兵法書の時もあれば、歴史書に随筆など多岐に渡る。クシアラータが使用している言語は大陸共用語のため、特に言葉に不自由することなく生活は出来ているようだ。

　そのくせ、必要な単語以外はあまり喋《しゃべ》らないのは、通じればいいやくらいの軽い気持ちで本人がいるからだと、最近のやり取りの中で何となくわかって来た。

　決してベルは口数が少ないわけでなく、必要であれば饒舌《じょうぜつ》に言葉を操ることは出来るのだろう。表現にぴったりくる言葉を探しあぐねて時々視線が宙を彷徨《さまよ》うこともあるが、見つけられなければそれでお終《しま》い、代わりになる言葉が見つかればそれでというようで、大雑把というか、いい加減なところがあるというか、そんなベルへの接し方も覚えて来たフィリオだ。

「でも、本当に大事なことはちゃんと言ってくださいね。じゃないと僕にはわからないこともあると思うから。間違うのは嫌でしょう？」

「勘違い？」

「そう。例えば、嫌いな野菜があった時に言われなかったら僕、ずっとその野菜を持って来ちゃうかもしれないですよ」

「言えば持って来ないか？」

「場合によりけりですけど。極端な好き嫌いの時には無理にでも口の中に突っ込んで食べさせちゃいますけどね」

　子供ではないのだから、そこは自分の責任というもの。ただ、軍人なら体調や健康の管理には気をつけるべきだとは思う。

「野菜を全然食べないなら食べなさいって叱るけど、野菜の中で好きなのと嫌いなのがあるなら、別にいいんじゃないかなって思うし」

ベルの口元がふっと震えた。

「あ、ベルさん、今笑ったでしょ。そうですとも！　僕にだってどうしても食べたくない野菜はありますよ。肉だって豚肉は嫌いだけど鶏肉《とり》は好きだし、鹿肉よりは鴨肉《かも》の方が美味《おい》しいと思うし」

むきになるフィリオを見てベルは優しく目を細めた。

その表情に思わず目を奪われてしまったフィリオだが、直後、

「俺は牛肉が好き」

と言われてがっくりと肩を落とす。

「あー、はいはい。わかりました。明日のおかずには牛肉の何かを入れて来ます。もう、催促が上手なんだから」

肩を竦《すく》めるフィリオの頭をぐりぐりと大きな手が撫でる。

苦手な野菜と牛肉を一緒に混ぜて作った料理を持って来たら、この男は一体どんな顔をして食べるのだろうかと想像すると、少し楽しい。

1-2

　毎日ベルと会うことで城に行く楽しみも出来、自然に仕事に対しても張りを持って励んでいたフィリオではあったのだが、

「ねえフィリオ、いつもお昼を持って行くついでに私の分もご飯用意してくれない？」

　二番目の姉、二十四歳になるアグネタの台詞に、フィリオは眉を寄せた。

　フィリオがルキニ侯爵以外の誰かと昼食を共にしていることは、周知のことだ。これまで父親と共に食べていたのに昼食を持参するようになったこと、その分量がフィリオの食事量に合わないということ、その恩恵を父親は受けていないことなどの理由からそのことを感づかれた時、姉たちは誰と一緒なのかを執拗《しつよう》に問い詰めた。

　それを諫《いさ》めたのはルキニ侯爵で、身元は確かだからと引き下がらせてくれた。その時に、ベルと一緒にいるところを目撃されていたと知ったのだが、その件に触れて来ない侯爵にフィリオの方から話題を持ち出すのもどこか気恥ずかしく、今も尋ねてみることが出来ないでいる。

　姉たちはあまり納得はしていないようだったが、その話はそこで終わっていた。

　その弁当の話を今になってまた振る理由は一体何なのか。幸い、フィリオの昼食相手ではなく、手作り弁当のことしか頭にないようだが。

「いいけど、姉上はいつもお友達とご一緒してたんじゃなかった？」

　アグネタが配属されている軍の補給部には女性も多く、彼女たちと毎日のように城内の食堂で食べていると聞いていた。侯爵は会食も仕事に含まれるた

め、城に行く時に作らせるのは自分――ベル含む――の食事の分だけだったのだが、自分の分も作れとアグネタは強請《ねだ》る。「おねだり」などと可愛らしいものではなく、「強制」の意味を持つ「強請る」である。

艶やかな金髪を揺らして、アグネタは美麗な顔に眉を寄せた。

「してたんだけど！　最近、みんな手料理を持って来るのに嵌まってしまって。一人だけ手作りじゃないのを食べるのは肩身が狭いのよ。フィリオは毎日持って行ってるんでしょう？　私の分まで持って行くのも手間は一緒でしょ」

「それって姉上の分も僕が持って行かなきゃいけないってこと？」

「そうよ。だってお父様と一緒に馬車で遅くに行くじゃない。私は馬だけど朝が早いから無理」

「……持って行くのはいいけど、作るのは僕じゃないよ」

「そんなことわかってます。友達だって自分で作ってないもの。結婚している子はね、旦那様の手作りだって見せびらかすのよ。腹が立つったら」

婚約者がいる友人はその婚約者に作って貰っているとか。

なるほどとフィリオは頷いた。

要するに、既婚者が多い仲間内で手作りの弁当が流行《はや》っているのだ。それで皆が持って来るのは、家にいて家事を行う夫たちの手作り料理。妻が外で働き、夫が家事をするというクシアラータならではの光景だ。そんな中、まだ婚約者もいない姉には、作って奉仕してくれる相手は存在せず、だが見栄を張りたい姉が目を付けたのが弟というわけである。

「僕が作って持って行っても家族だってわかったら

一緒だと思うけど、いいの？」

「大丈夫。フィリオが代理で私の恋人から預かって来たって言うから」

「そこまでするくらいなら、さっさと相手を見つけて結婚すればいいのに」

口にした途端、アグネタはキッと眉を吊《つ》り上げ、一緒にフィリオの頬も抓《つね》りあげた。

「痛い……っ、痛いよ、姉上っ！　爪が食い込んでる！」

「煩い口を利く子にはこれくらいでちょうどいいのよ」

ひとしきり抓りまくって満足したのか、アグネタは金色の髪をふぁさりと払い上げ、胸を反らした。

「男たちに私を見る目がないだけよ！」

「……そうですね」

逆らうと次にはきっと腕を捻られる。フィリオは仕方なく、きっと赤くなっているだろう頬を両手で保護しながら姉に同意した。

家族の中で一番の美貌の持ち主はこの二番目の姉アグネタだ。一番上の姉とはまた違った頭のよさを持ち、快活で明るく、肉感的な魅力に溢《あふ》れる年頃の娘である。本来なら、二十歳前には婚約者を得て、すぐにでも結婚するところなのだが、アグネタはそれを良しとしなかった。

一つには、結婚相手にどうだろうかと持ち込まれた縁談のすべてが気に入らないと、断りを入れてばかりいるからだ。名家キト家の二番目の娘。家を継ぐ必要はないので、誰と結婚しようともある意味自由なのだが、自由だからこそアグネタはこだわった。自分に相応《ふさわ》しい男が見つかるまで結婚なぞしない、と。

「アグネタの理想は父上だからなあ。でもそんなこと言ってたらいつまで経《た》っても……」

アグネタの父親だった第一夫も軍人で、フィリオの実父と同じ十年前の戦で戦死している。アグネタは、逞しく強かった父親が大好きで、そんな父親のような男を求めているのではというのが、同じ父母から生まれた兄の考えだった。

それは確かに当たっていただろう。

何しろ、軍の補給部に配属を決めたのも、逞しい軍人の多い部署なら出会いも多いだろうと、「強い夫を見つけるため」と言い切るくらい、目標が真っ直ぐなのだ。間近で見て為人《ひととなり》をしっかりと見極め、狙いを定めたら一直線に絡め取るつもりでいるのは、家族の誰もが知っている。

早く相手が見つかって落ち着けばいいと思う反面、哀れな姉の犠牲者が出ないことを祈る気持ちも半分。悪い人ではないから、うまく手綱を取れる相手が現れればとは、ルキニ侯爵を始めとするキト家の善良で温和な男たち全員の願いでもあった。

しかし、補給部に勤めて早五年、未だに姉が合格を出す男は見つからないようで、加えて同期の娘たちが次々に婿を取り、焦る気持ちもあるのだろう。

「いいわね？　明日からよ。お昼になったら私のところに持って来るのよ」

「姉上が取りに来るんじゃないの？」

「私のイイヒトから頼まれたって言ってフィリオが持って来なきゃ話にならないでしょ。頭を使いなさい」

「……わかりました」

最初は誤魔化《ごまか》せたとしても、所詮上っ面だけなのはすぐにわかってしまうとは思うのだが。

そう思いながらも言う通りにしてしまうのは、無茶なことを言う姉でもフィリオにとっては大切な家族だからだ。

　姉が部屋から出て行くと、いつの間にか傍に来ていた義兄に肩をぽんと叩《たた》かれた。

「私から厨房には連絡を入れておいたから安心なさい」

　やり取りを聞いていた義兄は、フィリオがアグネタに逆らえないのをお見通しで、既に明日の用意を余分にと手配していた。気配り上手の義兄の存在は、屋敷の中では非常に心強く頼りにもなる。

「ありがとう、義兄様《にいさま》。たぶん、そのうち飽きると思うからそれまで頑張ってみる」

　手間を掛けさせることになるからと、礼と詫《わ》びを直接言うため厨房に足を運んだフィリオに、若い料理人は一人分も三人分も作るのは一緒だからと笑ってくれて、ほっとした。


　そうして迎えた翌日の昼。

「行って来ます」

　遅くなると機嫌が悪くなるだろうからと、ルキニ侯爵の好意でいつもよりも早めに昼食の休憩を貰ったフィリオは、大きな籠を抱えて軍本部に向かった。

一度だけ訪れたことがある軍務庁舎は、他の庁舎と同じく城の一部にあるのだが、儀礼庁からは議事堂のある建物を迂回《うかい》しなければならず、少しばかり歩くことになる。

　ベルと会っている四阿は、儀礼庁と軍務庁の建物を各々底辺の端にした二等辺三角形の頂点に当たる場所に位置する。

「遠いと思ってたけど、軍の部屋からはそんなに遠くないいんだ」

最初に会った中庭の方がよほど軍本部からは遠い。それだけ逃げ回っていた証拠のようで、思い出しながらフィリオは笑った。

回廊を進めば正面すぐに、国旗と軍旗を掲げた大きな建物が見え、人が多数出入りする開かれた扉の前には既に背の高いアグネタの金髪が揺れているのが見えた。

「姉上!」

笑顔で手を振りながら駆け寄るフィリオの姿に、別棟の食堂に足を運び掛けていた幾人もの目が向き、ふわふわした白銀の髪の少年がにこにこと手を振る姿に、一様に目元を緩めて通り過ぎて行った。

キト家の姉弟は見目の麗しさで密かに有名だ。華やかで輝く美貌のアグネタ、慎ましく控え目な美しさを持つフィリオ。アグネタに想いを寄せる男も多いのだが、それ以上に、器量よしで性質もいいと評判の少年を跡取り娘の入り婿にと望む声は多い。

父親のルキニ侯爵が親馬鹿を発揮して水際で留めているせいで表面に出て来ないだけで、実は引く手数多《あまた》なフィリオなのだ。

当然ながらフィリオはそんな噂や評判に気づくことはない。今も、見られているなと感じてはいても、「玄関前だからやっぱり人が多いね」くらいにしか思っていなかった。

「姉上、預かりものを持って来たよ。姉上に渡してくれって」

わざと少し大きめの声で話すのは今朝の打ち合わせの通りだが、人通りが多いとやはり少し恥ずかしい。

「あら、ありがとう。悪いわね、フィリオを使い走りに頼んじゃって。あの人にもお礼を言っておいてくれるかしら?」

「うん。お口に合えばいいんですけど、だって」

キト家の料理人一同が。

「あらやだ、合わないわけないのに謙遜するわねえ。私のこと、誰よりも知っているくせに」

アグネタお嬢様のことは小さな頃からよく存じております、料理人一同は。

オホホホと上品に笑う姉を見ながら、フィリオは内心で独り対話を繰り返していた。

姉に渡した食べ物は、簡単に持ち帰ることが出来るよう器に入れるのではなく、紙に包んだものを布に包んでいる。これなら布一枚を家に持って帰るだけで済むという、義兄からの入れ知恵である。

姉弟がわざとらしい演技を人通りの多い前庭で披露している時、ちょうど真向かいの回廊を歩いている軍人の集団があった。ゆったりとした足取りで演習の打ち合わせをしていたのだが、ふと横を見た一人の足が止まる。

「あ？　ヒュルケン、どうかしたのか？」

先を歩いていた赤毛の王子が振り返った時、常に無表情なヒュルケン将軍はうっすらとだが笑みを浮かべていた。一つの季節の間に何度見ることが出来るかとすら言われているその笑みに、第三王子は目を丸くした。

「……春先から縁起がいいぞ」

思わずそう呟いてしまうくらいに稀少《きしょう》な微笑は、見間違いでない証拠に今もまだ横顔に弧を描く唇の形から明らかだ。嘲笑とも思い出し笑いとも違うそれに、第三王子はヒュルケンと同じ方向に目を向け、首を傾げた。

よほど面白いものがあるのではという期待に反し、

見えたのはなんてことのない日常の風景だ。建物は将軍の職場である軍本部で、人が出入りをしている程度。強いて何か違うものがあるとすれば、玄関の前で話をしている男女くらいか。

その男女が問題かと目を凝らした王子は、

「ああ、ルキ二侯爵の娘と息子か」

正体が判明して頷いた。

仮にも国政を担う一人でもある王子は、儀礼庁長官の家族構成も頭の中に入っている。

「そういや二番目の娘が補給部に勤務してたか」

家系図は頭の中に入っていても、突出した役職に就いているのでもない限り、普通は目に留まることはない。軍務庁に籍を置いているのを覚えている王子の記憶力が凄《すご》いのだ。

ただ、それなりにヒュルケン将軍と交友があると自負している第三王子だが、将軍とキト家に交流があるという話は聞いたことがない。というよりも、人付き合いが悪い将軍に自分と聖王親衛隊長ナイアス以外に友と呼べる人物がいるのかさえ、甚だ疑問なのだ。

部下たちはヒュルケン将軍を慕っているが、当人はまったく気づかず早十年、無視でなく本当に自分に寄せられる好意に鈍感なのだとやっと周囲が気づいたのはここ数年のこと。

そのヒュルケン将軍が、常には見られない稀少な微笑を浮かべてじっと見つめる妙齢の女性と年下の少年。

将軍とキト家の姉弟、その両方を交互に見やり、王子は顎に手を当て、それはもう悪巧みしていますというほど、にやりと人の悪い笑みを浮かべた。

「どうだ、ヒュルケン。気に入ったか?」

目を離さずに頷いたヒュルケン将軍に満足げに笑

みを深くした王子だが、

「――可愛い」

続く言葉に目を見開いた。自覚はなかったが、みっともなくも、顎もガクリと開いていた。

まさかあの将軍が可愛いなどと表現するとは！

（おいおい、もしかして俺はどえらい瞬間に立ち会ってしまったのか？）

その時の王子インベルグの直感は正しく、これが事態が急に動き出す契機になったのは間違いない。

あのウェルナード＝ヒュルケン将軍が「可愛い」？

十年来の付き合いで、かつて誰かに対しての褒め言葉を聞いたことがあっただろうか？

（ないない。俺の優秀な頭脳はしっかり覚えているが、ヒュルケンが可愛いだの美しいだのご婦人方を評したことなんか一度もない）

自分と二人でいる時でさえ、口を開かないことの方が多いのだ。女性関係でも浮いた噂は一度も聞いたことがなく、

「絶対に奴は女を知らないに決まっている」

そんな噂さえ、本当の話として通じてしまうくらい色の道とは縁のない男なのだ。二十歳を疾うに超えて、あと数年で三十に手が届く男が未経験など普通なら信じられない話だが、ヒュルケン将軍に限って言えば、

「将軍ならまあ、ないこともないかなと」

部下にさえそう思われてしまっている。

第三王子なら男の沽券《こけん》に係《かか》わると憤慨するところだが、当の本人はその噂を聞いても我関せずといつものように無関心を貫いている。

以前実際に、王子は直接ヒュルケン将軍に尋ねてみたことがあるのだ。

「女を知ってるか？」

と。

その時の答えは、

「知っている」

当たり前のことを訊くなんてどうかしたんじゃないのかとでも言いたそうな哀れみの目で見られ、王子はヒュルケンの肩に片手を乗せ、がっくりと項垂《うなだ》れた。

「――悪い、俺の質問が悪かった。お前、女を抱いたことがあるか？　抱くっていうのは抱っこするって意味じゃねェぞ。お前の股にぶら下がってるでっかいブツを女の体の中に突っ込んで、抜き差ししたことがあるのかって訊いてんだ」

同席していた聖王親衛隊長は、あまりに赤裸々な説明に「言葉を選べ」と苦い顔をしていたが、付き合いの長い王子は知っている。はっきり直截《ちょくさい》、それが将軍と意思の疎通を図る上で一番重要なのだと。

その時もそうだった。聖王親衛隊長の秀麗な顔を顰《しか》めさせた質問に、将軍の答えは、

「否」。

予想は当たり、未だ清い体のままの将軍だ。

話題ついでに射精の経験についても知りたかったのだが、こちらに関しては聖王親衛隊長に殴られ、聞き損ねてしまった。勃起するかどうか、不能かどうかまで確認出来なかったのは非常に残念だった。射精は自然に行われるものなので、女がいなくても勝手になるだろうが――。

野外での演習や戦場で、裸の付き合いもある。その時に見た股間のものは、己の逸物《いちもつ》と比べても遜色《そんしょく》ないほど立派だった。それが一度も使われていないのは、ある意味、罪ではないかと思ったものだ。

その時からさらに二年ほど経過しているが、華やかな噂は一度として耳に入って来ることがなく、相

変わらず清い体のままなのだろうと容易に推察することが出来た。

このまま死ぬまでずっと聖職者のように禁欲を貫く気なのか。それはそれでどこまで粘れるか面白い。

そう思っていたインベルグ王子なのだが、将軍を清い体のままでいさせるには国の状況が許さないことになってしまった。

（悪いな、ヒュルケン。俺の安寧のために潔く犠牲になってくれ）

国王から直接命じられた隠密の指令。

ウェルナード＝ヒュルケン将軍を何が何でも我が国の民と結婚させせよ。

それが第三王子インベルグに与えられた任務だった。

難しいとは思ったのだ。聖王親衛隊長が言うように、余計なお世話かもしれないとは王子も思う。だが、将軍をこの国に留めておく方法がクシアラータの民との婚姻しかない以上、手段を選んではいられない。

この夏。それが将軍に与えられた国内滞在期限。

（女の味は知らないが、別に避けているわけでもないからな。徹底的に避けてるなら考えなきゃならないが、そんな素振りは見たことがない）

つまり、宛てがってしまえば後は男女の機微、なるようになるだろうという安易且つ、普遍的な思考でもって、王子はヒュルケン将軍の相手となるべく適齢期を迎えた令嬢たちの中から相手を見繕っていた最中なのだ。

そこに来て、この常にない関心の寄せ方。何という幸運。

内心では、にやりどころではない歓喜の声が溢れていたが、将軍ほどではないが王子も処世術を身に着けている身分、喜びは身の裡《うち》に隠して一人ほくそ笑む。

「なるほど、気に入ったんだな」

それも大層な熱の入れようで。

いつの間に知り合ったのかなど、野暮《やぼ》なことを聞くつもりはない。軍務庁に属していて、同じ建物の中にいるのだ。いつどんな切っ掛けで知り合ったのかなど、恋の前には意味のないことだ。

そう王子は結論づけた。

ウェルナード＝ヒュルケン将軍は、キト家の「娘」に夢中だ、と。

「お前の好みはあんな感じだったんだな。俺はもっと優しくてしっかりしたのが好みだと思っていたぞ。性格、きつそうじゃないか？」

あえてそんなことを口にすれば、見るからに不機嫌だと眉を寄せたヒュルケンは、

「きつくない。控え目で優しい。とても優しいいい子だ」

それはもう大事なことなのだと、常になくはっきりと力強く断言するではないか。

「そ、そうか？」

軽い気持ちで言った台詞にまさかここまで反応されると思っていなかった王子の方が、眼光鋭い青い目に睨《にら》まれてヒヤリとしたのだが、そこは経験で誤魔化す。

（本気で殺気をぶつけるな、馬鹿野郎！）

普段はそこまで覇気を示さない将軍が、戦場くらいでしか見せないはっきりとした意思を示したことは、驚きでもあり、王子は自分の想像が正しいものだと確信した。

（ってこたァ、やっぱり交流があるってことだな。惚《ほ》れた男の前だと、どんな暴れ馬でも可愛くなるっ

ていうが、キト家の娘も例外じゃなかったってことか)

クシアラータ国の女たちは恋愛に対しても非常に熱狂的だ。自分の伴侶は自分で探す。それがたとえ誰であろうとも口説き落とすまでは諦めない。そんな性質を持ち、気が強いと噂のキト家の二番目の令嬢でさえ恋の前には「優しい女」になってしまうんだなと、感心した王子は、決定的な言葉を引き出せたことで自分の使命の半分が片づいたと、背中にどっかり背負っていた重りがなくなったのを感じた。

「そんなに気に入ったなら、嫁に貰えばいいじゃないか」

「嫁?」

「ああ、結婚してしまえば見ているだけじゃなくて、いつでも一緒にいられるぞ。毎日朝も昼——は無理としても夜も顔を合わせて話も出来るし、一緒に寝ても抱いても誰にも文句を言われない。結婚してないのに手を出しちまったら、後々火種になるからな。遊びじゃないならさっさと結婚してしまった方がお互いのためだ」

「結婚すれば一緒に寝ても文句を言われないのか?」

「当たり前だ。結婚した二人が一緒に寝るのに文句を言う馬鹿はどこの国にだっていやしないぞ。くっついて寝るのは常識だ」

「常識……」

まるで目から鱗《うろこ》だと言わんばかりに結婚という言葉に驚いたヒュルケン将軍は、まだ立ち話をしているキト家の姉弟に視線を向け、口の中で自分には縁がないと思っていた結婚という言葉を繰り返した。

「結婚すればずっと一緒にいられる。食べるのも風呂に入るのも、寝るのも。きっと気持ちいいだろうな。柔肌を舐《な》めることだって出来る。夫の特権だ」

「舐めてもいいのか？」

「ああ、上手に舐めることが出来れば、相手も喜ぶぞ。時々甘噛みしてやれば、佳《よ》い声で啼《な》く」

それは何と甘美な響きだろう。

何と魅惑的な言葉だろうか。

大好きな人といつも一緒にいるためにはどうすればよいのかを、ここのところずっと考えていたヒュルケン将軍には、王子の言葉は天啓にも等しい輝きと希望を運んで来た。

「インベルグ」

はっきりとした口調で名を呼ばれた第三王子は、自分の予想通りの反応と、これから進むだろう方向がはっきりしたことを確信した。少しの迷いもない強い言葉に、インベルグは大きく頷いた。

「あの子と結婚をしたいか？」

「したい。どうすれば出来る？」

「まあ形としちゃあ聖王の前で誓約と署名をすればそれでいいんだが、その前に我が国には仮婚という習慣があってな、それが終わってからが一般的だ。それをしない奴は信用出来ないと考える連中も貴族には多いから、やっておいた方が無難だ。ん？　仮婚の方法？　そっちは知人なんかを間に立てて、相手の家に申し込んで、受けてくれれば、そのまま十日の仮婚に突入する。仲介するのは知り合いが多いが、格式高い家ならそれより上位の貴族が使者に立った方が円滑に進む。ああ？　なァにしょぼくれてんだ？　自分には知り合いがいないから仮婚の申し込みが出来ない？」

第三王子はそれはもう豪快に笑い、がっくり肩を落とすヒュルケンの背中をバシバシ叩き、自分の胸に親指を突きつけ、全開の笑みで言い放った。

「おいおい、ウェルナード＝ヒュルケン将軍。俺はお前と十年の付き合いがあるんだぞ？　それで友人だと思われていないのは寂しいじゃねえか。任せておけ、俺が仲介してやる。第三王子が間に立つんだ。キト家だけじゃなくルキニ侯爵だって断れるもんか。むしろ箔《はく》がつくほどの良縁だって大歓迎される」

ここぞとばかりに第三王子は一気に畳み掛けた。その気になった時を逃すなという諺《ことわざ》がある。この十年の間、何にも心動かされなかった男に見えた兆しを逃してはなるものかと、常以上に舌を動かした。

「任せておけ。俺が万事うまく整えてやる。お前は仮婚のために屋敷を綺麗《きれい》に掃除することから始めろ。人手が足りないなら、王子直属の精鋭下働き部隊を派遣してやる。家令が必要ならそいつも見繕って連れて来る。見届け人はこっちで用意する。相手は二番目で跡取りじゃない。お前が主《あるじ》になるんだから、相手も文句は言わないだろう」

「俺が主」

「そうだ。お前が主、つまりお前が夫で相手が妻。嫁だ。いい響きだろう？　嫁っていう呼び名は、自分だけのものになったっていう証拠のようなもんだぞ」

「俺の嫁……あの子が俺の嫁」

王子はヒュルケン将軍の肩に肘を乗せ、耳元で囁いた。

「話、進めてもいいな？」

確認ではあるが、もう決定したも同然。

建物の前ではまだ和やかな会話が続いているようで、二人揃《そろ》って笑顔を浮かべている。

ヒュルケン将軍はそれをじっと見つめ、それから第三王子に向かって小さく頭を下げた。

「頼む」

よし！

拳《こぶし》を上に突き上げて快哉《かいさい》を叫びたいのを第三王子は何とか堪《こら》えることが出来た。

将軍を結婚させるための一番の難関は、相手を見つけることだと考えていた。三宝剣の一人でもある将軍への嫁入りを希望する令嬢は多いが、本人が誰も気に入らなければ話にならない。他の男なら色仕掛けで既成事実を作ってしまって――という方法も取れるが、性的に生真面目で純な将軍にはそれも無理だろうと、見合い相手選考と並行して好みを聞き出すことから始めるべきかと悩んでいたのだが、これで解決した。

何よりも、本人が強く望んでいるのだ。たとえそれが平民の子でも奴隷の子でも、クシアラータ国民であれば後押しするつもりだったが、本人に爵位はなくとも、父親が侯爵で国の重鎮の一人という、将軍という地位に見合うだけの格を相手の家が持っているのも幸運だった。キト家は家としての爵位こそ持たない平貴族だが代々議員を輩出する家系として有名だ。

口煩い連中を納得させるだけのこんな良縁は、もう二度と訪れないだろう。

だからこそ、この十日が勝負だと思っている。この十日の間に、本来なら避けなければならない既成事実を作り、十日が終わればすぐに聖王の前で誓約を行って夫婦になったことを国王に報告する。

(完璧だ)

第三王子は瞬時に十日後の式典までを頭の中に描いた。熱の籠った視線を相手に向ける将軍の様子から、もしかすると十日を待たずにさっさと式を挙げて入籍してしまうかもしれないが、早まる分には問題ない。

生真面目な聖王親衛隊長あたりは文句を言いそう

だが、ヒュルケンが嫌がらない限り介入はしないと言っていた。それにこちらには国王という何よりの後ろ盾がある。

「明日には侯爵の屋敷に行って話をするつもりだ。三日以内には仮婚の期間に入るつもりで準備していろよ」

「わかった。世話を掛ける」

「いいってことだ。ヒュルケン、俺たちは幾つもの戦場を戦い抜いて来た仲間だ。これくらいは普通だ。じゃ、俺は今からすぐに国王に話を通してくる。俺の身分でも十分だが、ババアの承認書があればもっと楽だからな」

自分の母親であるやり手の国王を日頃からババア呼ばわりする王子だが、こういう時に利用しない手はない。何より、将軍を結婚させせろと言い出したのは、その国王自身なのだ。協力するのは当然と王子は思っている。

「仮婚が決まったら、その時にどんな風にしなきゃいけないのかを教えてやる。いいか？　最初が肝心だからな。相手がその気になっても、絶対に逃さないだけの気迫と精一杯の愛情と甘やかしが必要だ」

「わかった」

「よし」

第三王子はヒュルケン将軍の短い藍髪に手を伸ばし、わしゃわしゃと撫でた。将軍の年齢は二十七歳、王子はそれよりも一歳だけ年上だ。社会的に見ても地位から見ても、子供扱いするには年が行き過ぎているにもかかわらず、出来の悪い弟を見守るような気持ちが湧いてくるのは、純粋に自分の言うことを聞く真剣な目を見ているからだ。

（それだけ本気ってことか）

あの侯爵の子供にヒュルケン将軍が本気になる何

かがあるとは、正直に言えばあまり思えないのだが、本人の気持ちが一番だ。

「待ってろよ、この第三王子インベルグがウェルナード＝ヒュルケンを国中で一番幸せな夫にしてやる」

頷く将軍の首筋がほんのりと赤くなっているのは、照れているからなのか、それとも新妻との生活を想像してのことなのか。

（ババアに話をして、それから侯爵……いやその前にナイアスにも教えてやろう）

聖王親衛隊長もきっと驚くに違いない。

（あいつはお節介はするなと言っていたが、ヒュルケン本人がやる気なんだ。文句はないだろ）

二人が見ている前で、姉と弟は笑顔で手を振って別れた。姉は建物の中へ、弟は回廊を別の道へと。

そこまで見守って、王子は将軍の背中を叩いて本城の方へと歩き出した。今頃は国王は副王である夫と一緒に昼食を取っているだろう。邪魔する気はないが、国にとっても一大事だ。

「また後で連絡する」

片手を上げて言えば、同じように片手を上げて挨拶する将軍。

第三王子インベルグは、口元に浮かぶにやついた笑みを抑えることが出来なかった。

そうして本城の国王の居室へ向かった王子は、食卓に並んだ国王夫妻と次期国王となる姉夫婦を前に、真面目くさった顔でこう言った。

「国王陛下、一大事件が発生しました。是非ともお話を聞いていただきたく」

わざとらしい演技に溜息をつきながらも、話の先を促した国王は、やがて詳細を聞くや否や夫の副王に、

「紙と印章」

と命じた。

あの将軍がと唖然としていた副王が慌てて国王だけが使うことの出来る透かし模様入りの立派な紙を用意し、第一王女は思わず立ち上がってグラスの中身を零しかけ、ヒュルケン将軍の母国から婿入りした夫キャメロンと手を取り喜び合った。

「本当に本当なのか!?　インベルグ王子。あの子が本当に結婚するのか!?」

「本当も本当。俺が直《じか》に聞いたから間違いない」

「まあ！　素敵！　ヒュルケン将軍にやっと春が来たわ！　よかったわね、キャメロン！」

まさにその一言に尽きた。

そうして、慌ただしく書かれた国王の一筆、ヒュルケン将軍とルキニ侯爵の次女との婚姻を認める承認書が収められた筒を手に、第三王子インベルグは満面の笑みを浮かべた。

「インベルグ、任せましたよ。失敗は許しません」

「ああ」

念押しに頷く声は力強い。

大丈夫、抜かりはない。


そんな騒ぎは、しかし国王一家だけしか知らぬこと。

姉と別れていつもの四阿に到着したフィリオは、台の上に籠を置くのを待ってすぐに抱き着いて来たベルに、苦笑した。

「今日はいきなり甘えるんですね。どうかしたんですか？　何か嫌なことでもあった？」

「違う。いいことがあった」

「いいことがあったのに、僕に抱き着くなんて変なの」

「変なのか？」

「うーん、変じゃなくはないけど……」

ちらりと目だけ動かして横を見ると、ほんの少ししょげた顔が見える。

「――ま、いっか。悪いことがあったんじゃないなら。嬉しいんでしょう？」

「フィリオにも分けたいくらい嬉しい」

そう言ってぐりぐりと頭を押し付けるベルに、くすぐったいよとフィリオは笑った。

「ありがとうベルさん。でもほら、先に食べてしまいましょう。食べる時間がなくなっちゃいますよ」

それは困ると顔を上げたベルだが、椅子に座ってもフィリオの腰を片手できつく抱き寄せて離れることはない。

幾分窮屈な姿勢だが、フィリオも大分慣れて来た。無遠慮に抱き着くようでいて、体格差と力加減をわかっているのか、痛くないように動きにくくないようにと考えてくれているのだ。

「美味しい」

「ありがとう。今日は僕も料理長さんと一緒にちょっと頑張って作ってみたんです」

「牛肉？」

「ベルさん、好きって言ってたでしょう？　上等なのが届いたから、野菜に巻いて塩と胡椒《こしょう》であっさりと炙《あぶ》ってみただけなんだけど、いけるでしょう？」

「いける」

「よかった。料理長にもベルさんが喜んでいたって伝えておきますね」

「フィリオは料理しないのか？」

「あんまり。厨房に出入りはさせて貰えるんだけど、作るのは駄目だって言われるんです」

貴族の子供は好んで厨房に入りたがるものではな

い。ましてや何かを料理するというのは、上流貴族ではまずあり得ないことだ。

　ただし、キト家の場合は母親が教育のほとんどを夫たちに任せて自由にさせていた結果、他の貴族の家の子供に比べれば、自由度の高い生活を送らせて貰っていた。

「ジャガイモや人参の皮剝《む》きは上手に出来るんですよ。お鍋を焦がさないように混ぜるのも出来るし。パンに挟んだり、薄皮に巻きつけてぐるぐるするのも好き。でも手の込んだ料理はしたことないから」

「俺は切るのが得意」

　フィリオはあははと笑った。軍人の男が言うと、同じ「切る」でも「斬る」の方に聞こえてしまう。どちらも得意ではあるのだろうけれども。

「煮るのも焼くのも得意。蒸すのは下手」

「蒸すのは難しいですよねえ。料理する人は凄いなって思います。ふんわりしたのが上手に出来るんだから尊敬です」

　うんうんと男も頷く。二人とも大雑把な料理しか出来ないということでは一致のようだ。


　キト家の屋敷の門を立派な馬車が潜ったのは、翌日の昼を少し回った時刻だった。

「義父《ちち》上！　大変です。国王陛下からのご使者が来られました」

　その日、公務が休みだったルキニ侯爵は自室で本を読んでいたが、慌ただしく駆け込んで来た家令でもある娘婿に、眉をぎゅっと寄せながらも椅子から立ち上がった。

「この時期に急ぎの案件はなかったはずだが？」

上着を着て歩き出した侯爵は、ふと思い出したように後ろを振り返った。

「使者は誰に用だと言っていた？　キト家かそれとも私か？」

キト家のことに関しては、決定権は亡き母親から継いだ長姉のドリスにある。一方で、国政に関してのことであれば儀礼庁長官のルキニ侯爵に裁量がある。

「侯爵宛ての書簡を見せていただいています」

侯爵は頷いた。それならわざわざ役場に赴いているドリスを呼び戻す必要はない。そうして、何事だろうかと首を捻りながらも、身なりを整えて応接間に入って使者と対面した侯爵は、

「インベルグ王子……」

そこにいたのがただの使者ではなく、第三王子であることに驚愕《きょうがく》した。

慌てて臣下の礼を取った侯爵に、

「気にするな。今の俺はただの使者だ」

鷹揚《おうよう》な態度を崩すことなく、王子は侯爵に座るよう勧めた。

交流がないわけではない。寧《むし》ろ、他の王族に比べれば会議やその他の場で顔を合わせることも多い王子とは言葉を交わすこともある。ただし、こんな風に屋敷を訪れるほど親しい関係ではなかったが。

「今日はどのようなご用件でしょう？　国政に関することなら明日でもよろしかったのでは？」

わざわざ城の門を出てまで話をしなければならないような重要事項なのだろうか？

それなら自分から登城しますと続けた侯爵だが、続いた王子の台詞に言葉を失った。

「お前の子供、将軍の嫁に決まったから」

それはもう輝かんばかりの笑顔で告げられて、侯

爵が叫び出さなかったのはさすが長官に任命されているだけのことはある。

　それでも完全に動揺を隠すことは出来ず、数拍の瞬きの後、ルキニ侯爵はゆっくりと王子に対して確認の問いを発した。

「それは我が家の娘が将軍に見初められたということですか？」

「そうなるだろうな」

「それは陛下の御命令ですか？」

「命令といえば命令だ。断っておくが、嫁にしたいと望んだのはヒュルケン自身だぞ。それを聞いた国王が、それなら自分が背中を後押ししようと言い出した。それだけのことだ」

　それだけのことと言うが、国王が乗り気だということは決定権は既にルキニ侯爵の手元にはないということだ。

「……なるほど。それで私に話を持って来たのですか」

　家と家との婚姻なら、ヒュルケン将軍とルキニ侯爵家との婚姻の方が釣り合いが取れる。それにキト家の娘よりも儀礼庁長官の娘として嫁いだ方が貴族社会への浸透は早く、反発も少ないはずだ。

「上が二十四、下が十四。娘は二人おりますが、まさか許嫁《いいなずけ》のいる下の娘ではございませんよね？」

「上の方だな。城勤めしている方」

「アグネタですか。それはまた……」

　それはまた将軍は物好きな方だ――。

　そう言いかけて言葉を呑《の》み込んだ侯爵である。父親から見ても娘の我の強さや上昇志向は筋金入りで、国の英雄である将軍の嫁にするには再考を促したいところ。しかし、将軍が望んでいるのだと王子は言っていた。

「二人が知り合いだとは私は知りませんでしたよ」

もしもそうなら、あのアグネタのことだ。声を大きくして家族全員に自慢したはずだが、一度として聞いたことがない。

「俺も初耳だったさ。だから、その分真剣だってことだろ」

「そうでしょうか……？」

まだルキニ侯爵は半信半疑だ。あのアグネタに、常々優良物件を探していると公言して憚らない娘に、密かな恋は絶対に似合わない。

「――本当にうちの娘で間違いないんですか？　他家の娘たちの間違いでは？　マールハート家の才女やニローベネス家の娘は軍に在籍していたかと」

「あのな、侯爵。あんたの娘だろ？」

こう何度も念を押されれば、さすがに王子も苦い顔になる。まだ婿を貰っていない年頃の娘に縁談が舞い込めば、喜ぶのが親というものではないのか、と。

「申し訳ありません、王子。疑っているわけではないんです。ただ、ヒュルケン将軍が本当にうちのアグネタでいいのかどうか、悩んでしまいまして」

侯爵の口から隠しきれずに溜息が零れ落ちた。目《め》敏《ざと》いインベルグ王子がそれに気づかないはずがない。

「……ちょっと訊くが、お前の二番目の娘、そんなに勧められないのか？」

ここまで言われる娘とは一体何なのか。王子も不安になったのか、膝の上に肘を乗せ、小さな声で尋ねた。

「それなりの相手なら私も何も言いませんが、将軍には荷が重いのではと心配なんですよ」

寡黙で真面目なヒュルケン将軍のことはルキニ侯爵も知っている。人柄的にも文句なく、彼の悪い話は聞いたことがない。そんな「いい人」に自己顕示欲が強いことで有名な自分の娘を嫁がせていいものだろうか。

「それならまだフィリオを嫁がせる方がましです」

弟の忘れ形見、あの素直な少年の方が将軍には似合うと本気で思う。

「弟の方だな。歌唱隊にいた。年寄り連中にも人気だったな。歌唱隊を除隊してがっかりした隠居たちが多いと聞いたぞ」

「ええ、私のところにも直に言いに来た方もいらっしゃいましたよ。とても素直でいい子です。別に娘が悪いと言っているのではないんですよ。ただ、激務の将軍が帰宅した時にアグネタの相手をするのは酷だと思ったものですから」

「だが、クシアラータの女は大抵そんなもんだぞ。それはお前も知ってるだろう？」

「ええ、まあ」

侯爵は苦笑した。美貌と才媛で鳴らしたキト家の家長ベッティーナ＝キト評議員の辣腕ぶりは、議会では知らぬものはなく、侯爵家の兄弟揃って何と無謀な結婚を！　と当時は貴族社会に激震が走ったものだ。上の娘のドリスよりアグネタの方が、そのベッティーナに似ていると評判なのだ。

「私は妻を愛しておりましたから」

「ヒュルケンも同じだろ。どっちにしろ、本人がせっかく乗り気になってるんだ。この機会を逃したくない。それにもう手配済みだ。ルキニ侯爵、明日からヒュルケン将軍の屋敷に娘を派遣してもらう」

侯爵は苦笑を引っ込め、インベルグをじっと見つめた。

「――仮婚ですか？　早いですね」

「娘とは既に知り合いで、そこそこの仲らしいから平気だろう」

「しかしまた、どうしてそんなに急ぐのです？　普通なら申し入れから仮婚まで、七日から十日は準備期間を設けるはずですよね」

「国政上の問題ってやつだ。侯爵は知らないのか？　将軍の任期を」

「任期？　将軍に任官期間はないでしょう。本人の意思で退官するか死亡するまではそのままのはずですよ。……いえ、待ってください。確か他にも何かあったはず……あ」

頭の中にクシアラータ国の規約の一文が浮かんだ侯爵は、はっと王子の顔を見つめた。

「さすが儀礼庁長官だな。じゃあ、今から話すのは内密に頼むぜ。国王夫妻と俺……というか国王の家族だな、それと聖王親衛隊長しか知らない極秘情報だ」

「それを私がお聞きしても？」

王子はにやりと笑った。

「当事者の関係者として巻き込ませて貰う。実はな──」

耳を塞ぎたくなった侯爵だが、第三王子の話を聞くうちにその表情は真剣なものに変化していった。

「──というわけだ」

「──わかりました。そういう事情なら異存はありません。ただし、父親として我が子の意思を一番に尊重させていただきますが、それで構いませんよね」

「ああ。たぶん杞憂だと思うけどな」

「杞憂ね……そうだといいんですが……」

ルキニ侯爵は椅子の背もたれに思い切り深く腰掛け、ふうと大きく溜息を吐き出した。ガラス窓の向こうの庭では、白銀色の髪をふわふわ揺らしながら、フィリオが番犬と戯れているのがちらちらと見える。

（楽しそうだねえ）

なんだか一緒になって癒されたいと願ったとしても、侯爵を責めるものはないに違いない。

侯爵の目が外へ向けられていることに気づいたインベルグも同じように外を見て、

「ああ」

と納得したように頷いた。

「例の歌唱隊の子だな。フィリオだったか」

「ええ。もう歌唱隊は引退していますけれどね。二番目の息子です。弟の息子なので甥《おい》でもありますが。私が言うのもなんですが、うちの子供たちの中で一番気立てがいいのがあの子です」

次が婿に行った一番上の息子だ。キト家の娘たちは自身が家の主となるには有能だが、支える立場として嫁に行くのは不向きなのだ。クシアラータ国では実に当たり前の性質なのだが、アグネタを見る限り、結婚にまで辿《たど》り着くのは難しそうだ。

「婿の話は多いんだろう？　あの子には」

「はい。でもこれと言った方がおりませんで」

そうしれっと言った侯爵だが、インベルグはフンと鼻で笑った。

「よく言う。お前が潰して回ってるんだろうに。すごくいい笑顔で断られたと泣き付かれたことがあるぞ」

「王子にはご迷惑をお掛けいたしまして申し訳ございません」

「親馬鹿もここに極まれりという感じだな。とにかく、娘の方には明日にでも迎えの馬車を寄越す。そのつもりで娘に話をしていろ」

「畏まりました」

アグネタの方は問題はないだろう。仮に嫌だと言っても、仮婚期間が終わって断ればいいのだ。本人がその気ならそのまま結婚するのは構わない。

だがその前に、と侯爵は思う。

出来るなら、将軍に直に会って娘との結婚に対して再考を促したいと思う自分は父親失格なのかもしれないけれども。

案の定、

「ヒュルケン将軍？　三宝剣のお一人で、国の英雄の将軍からの申し込み？」

帰宅してすぐに侯爵に話を聞かされたアグネタは、頬を紅潮させて大きく頷いた。

「お受けします！　そんないいお話、受けないわけがないじゃない！　ああ、お父様！　ありがとう、こんないいお話を持って来てくださって」

「いや、私が持って来たわけじゃないんだけどね」

抱き着いて、顔中に何度も唇を寄せる娘の体を支えながら、侯爵は苦笑いを零す。

「先方にもご都合があってね、明日には仮婚でヒュルケン将軍の屋敷に行くことになるが、それは構わないかね？　都合が悪いのなら、私から延期するよう話するが」

「まさか！　今日からでもいいくらいだわ！　こうしちゃいられない！　荷物をまとめなきゃ！」

アグネタに降って湧いた縁談に家族全員が歓喜の声を上げた。

「いいこと、アグネタ。絶対に将軍に嫁ぐのよ。そうすれば、キト家にも箔がつくわ」

「任せて、お姉様。何が何でも仮婚から本婚にこぎつけるから！」

そんな鼻息荒い娘たちの会話に口を挟むことなく黙って話を聞いていた侯爵は、一人頭の中で「なるほど」と頷いた。視線の先には、姉の縁談に驚きながらも、喜んでいるフィリオの姿がある。その様子を見る限り、喜ぶ気持ちに嘘《うそ》は見られないようだが、最初に感じた違和感はまだ解消されてはいない。

侯爵は、先日偶然見かけた息子と将軍が仲良く並んで談笑していた光景を思い出す。

昼になるといそいそと出掛けるフィリオが会っているのがその人だと知った時、驚くと同時に、得体の知れない男でなくてよかったと安心した。侯爵が縁談を断り続けている息子だが、フィリオの側から結婚したいと言われれば、厳しく人物精査を行った後、瑕疵《かし》も問題もない場合には涙を呑んで祝福する気持ちはある。

一緒に昼食を食べる機会が減って寂しくなっていた侯爵だが、フィリオが楽しそうな様子なのは親としても嬉しいことだった。その相手がヒュルケン将軍だと知った今でも、その気持ちは変わらない。

その時に、記憶にある限り初めて将軍が笑っているところを見た。フィリオを見る目はとても優しかった。

それはもしかすると小動物に向ける温かな眼差《まなざ》しだったかもしれない。もしかすると可愛いものに対した時に自然に出て来る情愛かもしれない。

ヒュルケン将軍との縁談の話を聞いた時に、侯爵が最初に思い浮かべたのはアグネタでもアメリアでもなく、フィリオの笑顔だった。

(だが、フィリオはこの縁談について特に思うことはないようだ)

知り合いが相手だと知れば、普通ならもっと大袈《おおげ》裟《さ》な反応を示すはずだが、それもない。

(私の思い違いか？　いやしかし……あのヒュルケン将軍だからな……。それにフィリオも素直なのは

いいが、世慣れしているわけでもないし）

　フィリオに将軍とのことを尋ねればすっきりするのかもしれないが、どうも躊躇ってしまう。

　侯爵は、やはり先ほども思ったように早急に将軍と話をしなければ、と思うのだった。

1－3

縁談持ち込みの翌日からの開始という、通常よりも急仕立で整えられた仮婚だが、手順は通常通りに行われる。

「姉上、化粧が厚過ぎない？」

「初めてお会いするんだから、これくらい気合が入っていた方がいいのよ」

眉を描き、紅を塗り、普段よりも念入りに化粧したアグネタは、確かに美女ではある。しかし、もしも将軍が姉を見初めたのだとしたら、きっと城に勤めている時くらいだろうから、それなら普段通りの方がいいのではないか――。

フィリオはそう思ったが、口に出せばきっと文句を言われるのだから、指摘しないのが一番いいと黙っていることにした。

「でも本当に僕がついて行ってもいいの？」

「私もそうは思うんだけど、お父様がそう仰《おっしゃ》るから」

そう、仮婚の迎えの馬車を待っているのはアグネタだけではなかった。フィリオもまた、荷物を抱えて応接間の窓から外を眺め、迎えの馬車が門の中に入って来るのを待っているのである。

「父上、本当に僕も一緒に行っていいんですか？お邪魔じゃないですか？」

朝のうちに一度、フィリオと一緒にいつものように参内した侯爵は、昼前まで他の部署へ出掛けていたが、早退する時に伴ったフィリオに、家に帰り着くなりアグネタと一緒に仮婚の屋敷に行くようにと告げたのだ。

「それは問題ない。ちゃんとインベルグ王子にも伝えて先方のお許しも貰っているから。侍女もつけるけれど、誰か傍にいた方がアグネタも気が楽だろうからね」

「そうかなあ……？」

あの獲《と》る気満々な姉が心細かったり緊張したりするだろうかというのが表情に出ていたのか、侯爵はぽんぽんと弾むようにフィリオの頭を撫でた。

「今ははしゃいでいるけど、お屋敷に行けばそうとばかりも限らないだろう？」

「それならいいんだけど、本当に本当にご迷惑じゃない？」

「そんなに気に掛かるのかい？」

重ねて確認するフィリオに侯爵は髭を震わせて笑いながら、頬を両手で挟んだ。

「うん」

「大丈夫。安心なさい。フィリオもご存知の方だから」

「え？　でも相手は将軍なんでしょう？　それも三宝剣の」

「そうだね」

「それなのに僕が知っている人？」

侯爵はにっこりと笑みを浮かべただけで教えてくれない。どうやら続きは自分の目で確かめろということらしい。

フィリオは重ねて尋ねようとした。だが、

「迎えが来たわ！」

大きな声に窓の外を見ると、御者付きの大きな馬車が門から入って来るのが見えた。アグネタと長姉ドリス、それにわざわざ許嫁の屋敷から一時帰宅して来た妹のアメリアが玄関へ駆け出して行く。小走りで彼女たちの後を追い掛けるのは、家令として出迎えをしなければならない義兄だ。

「さあ、行こうか」

ルキニ侯爵は立ち上がり、フィリオの肩に手を乗せた。そしてちょうど二人が玄関から表に出たと同時に車寄せに静かに馬車が停《と》められた。

「立派な馬車ですね」

二頭立ての馬車はキト家にもあるが、馬の飾りも馬車の設《しつら》えも「最高の職人が手を掛けました！」と叫んでいるように立派だ。こんな見事な馬車が敷地に入って来たのを見た近所の人は何事かと驚いただろう。

こっそりと隣の父にそう言うと、侯爵は苦笑しながら頷いた。

「そうだね。王家もかなり力を入れていると見える」

騒がしかった姉たちも静かになり、全員の視線が集まる中、迎えの馬車から降りて来た赤茶色の髪を後ろで一括《くく》りにした男は、サイデリートと名乗り、キト家の家族の前で胸に手を当て一礼した。

「仮婚の見届け人の役目を拝命いたしましたサイデリートと申します」

丁寧な所作と耳通りのよい声。まだ若い男だが、王家が取り持つ三宝剣の一人の縁談にも気負った様子もなく、湛《たた》えた笑みは自然な感じで、緊張した様子はどこにも見られない。

「第三王子の乳兄弟だよ」

後ろから侯爵がこっそり教えてくれて、フィリオは目を丸くしてサイデリートを見つめた。丸い眼鏡を掛けて知的な風貌はしているが、体は大きく力もありそうだ。

「父上はお会いしたことがあるんですか？」

「夜会で何度かね。第三王子の腹心の一人だからとても信頼出来る方だよ」

だから安心しなさいという父親の言葉に、フィリオは困ったように首を傾げた。ふわりと白銀の髪が揺れ、その揺れを認めたサイデリートとパチリと目が合う。

慌ててお辞儀をしたフィリオは、貴族の子弟にあるまじき子供じみた態度を取ってしまったせいか、ふっと笑われた気がして俯《うつむ》いた。

（わ、笑われちゃった……呆れられたかも……）

王子の縁者に悪い印象を与えたくない。本人に非がなくても、身内に問題があったがために破談になるなんてことは、幾らでもあるのだ。一般庶民よりも足の引っ張り合いが多く、何かと噂の種にする貴族社会の方がその傾向が顕著なのだから、注意するに越したことはない。

恐々とアグネタを見れば、顔は笑っているが目はきつく睨んでいる。

（うう……ごめんなさい、姉上……）

家を出る前からこれでは、先行きが非常に不安だ。

（やっぱり行きませんってお願いしたら駄目かな……）

ちらりと父親を見るが、侯爵はフィリオの方を向きもしない。気づいているのに、あえて知らん顔をしているのだ。

（父上の意地悪……）

しかし、この期に及んで駄々をこねたところで決定が覆るはずもない。相手はフィリオも来ることを前提で用意しているのだから、ここで予定が変わってしまえば、さらに心象を悪くするだけだ。

「ではご案内いたします」

二人分の荷物は既に召使が馬車に積み込み、後はアグネタとフィリオが馬車に乗り込むだけだ。

サイデリートの手を借りて、常になく淑《しと》やかな動作でアグネタが乗り込み、そうしてフィリオは恐々と続いた。

最後にサイデリートが乗り込み、扉が閉められる。

家族を含めた屋敷の全員が手を振って見送る中、フィリオはもう家に帰りたくて仕方がなかった。反対にアグネタは上機嫌。

(姉上、やる気満々だ)

あのサイデリートの値踏みするような視線をものともしない堂々とした態度には、感心する。だからといって、真似《まね》するだけの強い心臓は持ち合わせていない。

(三宝剣の王子が縁談の仲介をしているって言ってたから、きっと王子の代わりにお目付けに雇われになったんだろうなあ。お気の毒といえばお気の毒なんだけど……)

仮婚はあくまでも当人同士の意思の問題だから、第三者が結婚成立の有無を判定することはない。だが、中には無理に仮婚から本婚を強行しようとする人もいる。片方はその気でも、もう片方がその気にならない場合も多くあり、本当に互いの意思かどうかを証明するための見届け人は、最低でも一人は必要だった。

見届け人は公平な立場のものが求められる。破談にするために、或《あ》るいは無理矢理結婚するために、賄賂を与えて評価を加減させることも、昨今まで多発していた。そんな不当な破談や意に沿わぬ婚姻から当事者を守るため、見届け人組合という互助組織が結成されている。周囲に見届け人に相応しい人物がいない場合には、組合に頼めば見届け人を派遣してくれる仕組みだ。登録している見届け人の職種は、聖職者や引退した貴族、町の世話役に教師や医師など、多岐に渡る。

かつてはルキニ侯爵もそこに名前を連ねていたらしいのだが、儀礼庁の長官に就任した時に多忙を理由に、退会したと聞いている。

そんなことを考えている間に、いつの間にか馬車は大きな塀に囲まれた屋敷の門を越えて、赤い煉瓦《れんが》が敷き詰められた舗道を走っていた。

それに気づいたのは、サイデリートと門番の会話の後、それまで窓から車内に差し込んでいた日差しが陰ったように感じられたからで、理由は敷地内に生い茂る多くの木々のせいだった。

「……森みたい……」

まさにその感想に尽きた。

「森屋敷と近隣では呼ばれているそうですよ」

サイデリートが教えてくれた呼び名に、姉弟は納得して頷いた。

確かに森だった。

上に鉄柵のついた高い塀で囲まれていることから、ここが個人の屋敷だとはわかるのだが、中の様子とくればまるで森の中にいるような気分になるくらい、見える範囲のすべてが緑の葉をつけた木々だった。中には建物の二階の屋根ほどまで突出した高さのある木も数本ある。森屋敷と呼ばれるのも納得の景観だ。時折木々の間に見える白い色は建物だろうか。

(凄い……)

思わず窓から顔を出してもっと見たくなったが、自分たち姉弟だけではないことを思い出し、椅子に座り直した。

「凄いわね」

さすがのアグネタも街中に出現した森に驚いている。キト家からそう長い距離を走ったわけではないはずだ。役職上、毎日通う場所なだけに城からそう遠くないところなのだろうが、門の中に入っただけで街の中にある屋敷には到底見えない。

黙って景色に見入る中、ガタゴトと動いていた馬車はゆっくりとした歩みに変わり、やがて静かに停まった。

乗る時と同じように淑女のように振る舞うアグネタが降りた後、誰も見ていないのをよいことにフィリオは大きく深呼吸した。馬車を出てしまえばもうここは将軍の屋敷だ。十日の間、生活の基盤はこちらに変わる。

大きな鞄《かばん》は馬車の屋根の上に乗せたが、小さな鞄は車内に持ち込んでいた。本を数冊入れたその鞄を手に、フィリオは馬車から降りた。

そして、真正面を見上げ軽く息を吞む。

（お屋敷っていうより、宮殿みたい……）

目の前に建っているのは、こんな鬱蒼とした森の中にあるとは思えないほど立派な真っ白の建物だった。まさにフィリオが思ったように小さな白亜の宮殿という趣で、太い柱には彫刻が刻まれ、玄関の上にせり出す二階の部分はバルコニーになっているらしく、華奢な手摺《てすり》が見える。正面から見た横幅は大きくはないものの、遠くに部屋が見えることから奥行きはかなりありそうだ。

キト家もそれなりに大きいが、規模が違う。フィリオの祖父母が住んでいるルキニ侯爵本家も大きかったが、それと同じかそれ以上の大きさに、姉弟はぽかんと口を開けていたが、表情はそれぞれ異なるものだった。

アグネタは頰を上気させている。

「ここが私のものになるのね」

すでに仮婚から本婚までをも夢見て、野心に燃え、

「……迷子にならなきゃいいけど」

掃除や手入れが大変だろうなと現実的なフィリオ。

異なる二人の様子に小さく笑みを浮かべ、

「では中へ入りましょう」

サイデリートが一歩を踏み出した時、バタンッと

いう大きな音を立てて、天井近くまである重厚な扉が内側から開かれた。扉は木枠に色付きの分厚いガラスが嵌め込まれているもので、あまり見ない様式が少しお洒落である。

その扉から出て来た人物は、他の二人に目をくれることなく、目的の人物に向かって一目散に駆け寄り、両腕で高く抱き上げた。

「フィリオ！」

ところどころに飾りが散りばめられた黒地に、銀に見える灰色の模様の軍服に、黒い軍靴。夜のような藍色の髪。そして抱き着く大きな男の体。

「えっ？　もしかして、ベルさん……？」

頭が認識するより先に抱き着かれてしまったので驚きの方が勝っていたが、この声とこの抱き着き癖を持つ男をフィリオは一人しか知らない。

名を呼べば、ギュウッと抱き着く男の腕の強さに、夢ではなく確かに自分は今、ベルに抱き締められているのだと実感した。

そして悟った。どうして城ではない場所で自分がベルに会わなければならなかったのかを。

「ベルさんって――ベルさんがウェルナード＝ヒュルケン将軍だったんだ……」

腕で胸を押すとベルとの間に隙間が空いた。そこから見上げたところにあるのは、確かに毎日のように会っている男の顔だ。

「ベルでいい」

ウェルナード＝ヒュルケン。本名はフィリオも知っている。勇壮な国の英雄。ただし、自分の知るベルと同一人物だとはまったく思ってもみなかったが。

「……どういうこと？　フィリオ、あなた、将軍と知り合いだったの？」

たった今知ったばかりの事実に呆然《ぼうぜん》としていたフ

ィリオは、後ろから投げ掛けられた苛立《いらだ》ちを含んだ声音に、はっと首だけ回して振り返った。本当は体ごと後ろを向きたかったのだが、抱き着くベルの力が強くて動かすことが出来なかったのだ。

「姉上、あの、これは……」

「将軍と知り合いだったなんて初耳よ」

「僕だって今知ったばかりだよ」

ベルさんがヒュルケン将軍だったなんて——と続く言葉を呑み込む。そんなことを言えば、火に油を注ぐようなものだ。

腰に手を当てたアグネタは、眉を吊り上げてご機嫌斜めだ。そんな形相をしたらせっかく厚く塗った化粧が取れてしまうのにと、声に出せば余計な心配は不要と言われそうなことを考える。

しかし予想に反して、それ以上の姉の追及はなかった。

「まあ、いいわ。あなたと知り合いでもなんでも、お話があったのは私なんだから。それに」

アグネタは伸びた爪先を顎に当て、紅を引いた唇の端を吊り上げた。

「フィリオの知り合いなら得なこともあるでしょうし」

(なんて打算的な……!)

アグネタはベルに歩み寄り、ドレスの裾を摘《つま》んでお辞儀した。目当ての将軍の腕の中に相変わらず弟がいることは、無視することにしたらしい。

「アグネタ＝キトと申します。将軍にお目に掛けていただき、光栄に存じております。私を選んで下さったことを後悔されないよう、心を尽くすつもりですわ」

上げた時にキラリと光る緑の目は、得物を狙う大型の肉食動物に似ていた。そう感じたのはフィリオだけではなかったようで、びくりとベルの腕に力が籠るのを感じ、フィリオは軽くベルの腕を撫でた。

（女の人を怖がってたもんね、ベルさん）

アグネタは城に出入りしている他の貴族の令嬢たちに気迫で負けることはない。これがクシアラータの女なのだ。それをまざまざと見せつけられ、これからの十日を思うと、溜息をつきたくなる。

仮婚の間は肉体交渉が暗黙の了解として禁じられているが、アグネタなら寝室に忍び込んで将軍の上に乗っかり、さっさと既成事実を作るくらいのことは平気でしそうである。

（父上、僕はもう挫折しそうです）

怖がるベルと鼻息の荒いアグネタ。

剣や体術の戦いでは誰にも負けることのない三宝剣の将軍だが、姉相手ではどうにも分が悪いのが目に見えて明らかだ。震えるベルの背中を撫でて宥めながら、フィリオはふと考えた。

（この場合、僕はどっちの味方をするべきなんだろ？）

問題はそこだ。

家族としては姉が無事に成婚までこぎつけるのを応援するべきなのだろうが、激しく自分に懐いている将軍を無下にするのは出来そうにない。結婚は当人たちの意思に基づくものという定義なので、見届け人のサイデリートは公正に判断してくれるだろう。

（たぶん、大丈夫だとは思うんだけど……）

アグネタの気迫に押されてか、怯《おび》えが伝わって来てどうしたものかと、本当に困ってしまう。寝ていても他人の気配に敏感なベルなので、不意に襲われたとしても文官のアグネタに遅れを取ることがないのはフィリオ自身の経験が保証しているが、貞操を奪うための襲撃があるのを前提に夜も眠れないのは気の毒だ。

ベルはフィリオから離れず、アグネタは熱の籠った目で将軍を見つめ、フィリオは姉をどうすべきか悩みと、そんな三竦み状態を破ってくれたのは見届け人サイデリートの冷静な声だった。

「よい身分の方々が屋外で立ったままなのは外聞によろしくありません。お話は中でどうぞ」

言うなり、命令を待っていた下働きに命じてさっさと荷物を馬車から下ろし、中へ運び込むよう指示を出す。

「ヒュルケン将軍、お客様のお部屋は打ち合わせ通りでよろしいですか？　それではお嬢様は二階奥のお部屋へご案内します。それからこちらの――」

「フィリオだ」

フィリオが答えるより先に名を告げたベルは、どこか誇らしげだ。

「はい、フィリオ様のお部屋はどちらにご用意いたしましょうか？」

その言い方ではこれから部屋を用意するように聞こえる。自分の部屋は用意されていなかったのだろうか？

きょとんと首を傾げてサイデリートを見つめると、鉄面皮だと思われた青年の顔に苦いものが浮かんだ。

「インベルグ王子のお話ではお嬢様お一人ということでしたので、昨日の時点ではそのつもりで準備しておりました。弟君もご一緒というのは今朝王子から伺ったばかりなのです。そのため部屋の用意がまだ整っておりません」

口調は淡々として冷静だが、余計な仕事を増やしてくれて……と文句を言っているように聞こえ、フィリオは首を小さく竦めて「ごめんなさい」と謝罪を口にした。

そして思ったのはルキニ侯爵と交わした会話のことで、

（やっぱり僕がついて来ない方がよかったんじゃ……）

邪魔どころか、手間を増やすお荷物になってしまっている。昨日の今日で引っ越しだ。準備だって大変だったはずなのだ。その上、家族と王子以外は誰も知らなかった当日追加された一名。

（今からでも帰った方がいいのかも。まだ馬車があるし）

首を後ろに回して馬車を見たフィリオだが、その動きはサイデリートにしっかりと見られてしまっていた。その行動の意味するところまでわかってしまったサイデリートは、

「フィリオ様が気になさる必要はございません。すべてはインベルグ王子が忘れていたことが悪いのです」

そう言ってにっこりと微笑《ほほえ》まれてしまえば、フィリオは頷くしかない。

フィリオに対しては優しい態度なのだが、その裏にはインベルグ王子への怒りが渦巻いていそうだ。それを表に出さないための表情の乏しさなのだとすれば、確かに理に適っている。

「それで将軍、フィリオ様の部屋なのですが」

言いかけたサイデリートだが、

「俺が案内する」

最後まで言い終わる前にベルが遮り、抱き上げていたフィリオを地面に下ろすと、今度は、やっと解放されてほっとしていたフィリオの手を引いて、そのまま屋敷の中に入ってしまった。

「ベルさん、ベルさん、自分で歩けるよ！」

何がそんなに楽しいのか、浮かれた足取りのベル

はフィリオを連れてずんずん先に行く。

「ちょっと！　私はどうするの⁉」

主役のはずが置いてきぼりになってしまったアグネタが、玄関前で叫んでいるのが聞こえる。成婚まではは淑女を気取る予定が、最初から素を曝《さら》け出しているとこに、本人が気づいているのかいないのか。

屋敷に連れ込まれる前に振り返って見た見届け人の青年も、若干頬を引きつらせていたような気がした。

姉のおまけで連れて来られたはずなのに、気づけば主と一緒に屋敷の中。

仮婚の間の生活が思いやられたフィリオである。


フィリオが連れて来られたのは、一階の一番奥の突き当たりにある広い部屋だった。大きな書卓に本棚、上着が掛けられている長椅子に円いテーブル。扉から入ってすぐ正面の窓は大きく開け放たれ、広い庭が一望出来た。

読みかけの本には栞《しおり》が挟まれ、大きな剣は無造作に棚の上。程よい散らかり具合は、この部屋が生活の場だと教えてくれる。

「ここ、ベルさんの部屋？」

促されて椅子に座ったフィリオは、いつも城の四阿でしているように真横に座った男に問い掛けた。

「なんだかベルさんらしい」

殺風景というほど何もものがないわけではないのだが、必要以上に置かれていない部屋は寝るために戻る以外ではあまり使用されていないのがよくわかる。そんな主の代わりに部屋を利用しているのは、中にいる三匹の猫だろうか。

部屋に入った時に、椅子の上に丸まっていた猫たちは、顔を上げてミャオと鳴いて主にお帰りなさいと挨拶をした後、軽やかに椅子の上から降りて、今は二人の足元に寝そべっている。ゆらりと揺れる長い尾に、柔らかそうな毛。血統書付きではなく、見た目はどれも雑種だ。

「ベルさんの猫？」

頷いたベルは、フィリオの髪をふわふわと気持ちよさそうに撫でた。

猫の毛をいつも撫でているから手が寂しくて撫でるのかなと考えたフィリオだったが、必ずしもそうではないことに気づくのに時間は掛からなかった。

一通り、部屋の中を見回したフィリオは、まだ頭を撫でているベルの手を摑んで止めさせ、じっと見上げた。

「順番がずれてしまったけど、ベルさんがヒュルケン将軍なんですか？」

「ウェルナード。ウェルナード＝ヒュルケンが正しい名前。長いからベル」

「最初に教えてくれればよかったのに……」

そうしたらもっと将軍に対する態度を取ったのに、今更態度を改めるのも変な感じがして、このままでもいいのではなかろうかと思ってしまう。理由は国の英雄の態度が最初に会った時から少しも変わらないからだ。武勲を多く立てた三宝剣の一人で将軍という地位から想像したのは、厳《いか》つくて威厳のある軍人だったのに、実物は人に抱き着いて頭を撫で回すのが趣味のような男だとは考えもしなかった。

確かに噂の将軍とベルの共通点は多い。制服の胸や襟を飾る記章や勲章は毎日見ていた。だが不幸なことにフィリオは記章の意味するものを知らなかった。「たくさんついてるなあ」くらいにしか思わなかったのだ。どういう地位にありどういう武勲を立てれば与えられるということを知らなかった。尋ねれば教えてくれるだろうが、その中のどれかは将軍を示す階級章のはずだ。

「確かに僕が世間知らずだったのは認めるけど」

フィリオははぁっと息を吐き、訊いた。

「ヒュルケン将軍って呼んだ方がいいですか？　それとも今まで通りベルさんでいい？」

おそらく「ベル」を主張するだろうとフィリオは予想していた。しかし、ベルの口から出た要望は別の呼称だった。

「ウェルナード」

と。

何が嬉しいのか、にこにことフィリオの返事を待っている。

しかし、ベルの期待には沿えそうにない。

「名前の呼び捨てはちょっと敷居が高いです」

フィリオに拒否されて見てわかるくらいしゅんとなる。その反応はフィリオの中では予測済みで、すぐに考えていた言い訳を口にした。

「そのうち、もっと仲良くなって呼べるようになるまでベルさんで我慢してください」

本当は愛称で呼ぶのも畏れ多いのだが、畏《かしこ》まってヒュルケン将軍と呼べば、がっくりと肩を落としそうなのだ。もしかすると床に膝をついて項垂れてしまうかもしれない。ここは相手よりも自分の方が大人になったつもりで、愛称で妥協するのが妥当だろう。

そう思ったのだが、それを不十分と考えるのがベルである。

「じゃあベル」

「呼び捨てですか？　それもちょっとまだ……。べルさんでいいでしょう?」

「……ベル」

「ベルさん」

「…………ベル」

「ベルさん。それ以上言ったらウェルナード＝ヒュルケン将軍様って呼ばせていただきます。冗談ではなく本気ですよ、ウェルナード＝ヒュルケン将軍様。よろしいですね、ウェルナード＝ヒュルケン将軍様」

ウェルナード＝ヒュルケン将軍様を連呼すると、非常に整った男の顔の中、黒い眉が寄せられ渋面になる。答えが何であるか、わかり過ぎるくらい明白だ。

ややあって、不本意を隠そうともしない声でぼそっと言った。

「……わかった。フィリオの言う通りにする。将軍様は嫌だ」

「それなら今まで通りベルさんって呼びますね。そもそも、僕はベルさんって呼ぶのが好きなんですよ。最初に教えてくれたじゃないですか。僕にならベルって呼ばれてもいいって」

あ、という形にベルの口が開かれた。この顔はすっかり忘れていた顔だ。

「そう言えば……」

「でしょう? 僕だけの特別な呼び名だってことだから嬉しかったんですよ。名前も……まだ呼び捨ては出来ないけど、これで許してくださいね」

首を少し傾げてベルの青い瞳に語り掛けると、ククコクと何度もベルは頷いた。

「それから、他の人がいる時には将軍って呼ぶと思うけど、それも勘弁してくださいね。もしもベルさんって呼んでるのを聞かれたら、ベルさんの威厳が減りそうでしょう?」

「減るほどない」

フィリオはくすりと笑った。ご機嫌が直ったようでホッとした。

確かに、ウェルナード＝ヒュルケンという男と真っ直ぐに向き合っていると、威厳も畏怖も感じることはない。三宝剣の一人、国の英雄で実際に武勲を立てているのだから、戦や現場ではフィリオの知らない顔を見せるのだろうが、それを知らなければ本当にただの懐っこい男に過ぎない。年齢や身分を考えれば、いっそ滑稽なほど甘えてくるのだ、この将軍様は。

柔らかい絨毯《じゅうたん》の上に気持ちよさそうに寝ている猫たちは、ベルの足元にぺったりとくっついている。まるで彼らのように、甘えてくっつきたがる将軍。猫がくっついているのか、それともベルが傍に置いているのか。

「癖なのかも」

自分の家の中でずっと動物と一緒にいて触れていることに慣れているのなら、人同士の触れ合いはなんてことのない通常の範囲なのだろう。

(あれ、でも)

もしいつもそうなら、噂の一つくらいあってもおかしくない。だが、フィリオが知っているのは先述のように、寡黙で勇壮な将軍という立派な地位に見合ったものだ。

「ねえベルさん、お城でも誰かにくっついているんですか？」

「そんなことはしない」

「だったらどうして僕にはくっつくの？」

首を傾げて問うと、ベルは瞳を細めて微笑んだ。

「フィリオに触っていると優しくなれる気がする。だから触る」

「僕、そんなに優しくないですよ？　それにベルさんだって優しいです」

「俺は優しくない。優しいのはフィリオの方」

「そうかなあ」

流されている自覚はあっても、特別に優しくしたつもりはない。ベルが望むままに好きにさせているというのを優しさだというのなら、間違いではないのだろうが、それとは違う気がする。

「よくわからないです」

「わからなくていい。俺だけがわかっていればいいこと」

「ずるくないですか？」

口を尖《とが》らせると、ベルは珍しくも声を立てて笑った。笑ってから、フィリオの銀髪にそっと唇を落とす。

「ここは俺だけの場所。フィリオの全部は俺だけが知っていればいい」

なんて我儘で自己中心的で傲慢な台詞なのだろう。

まるでフィリオの気持ちを考えていないベルの台詞。だが、フィリオはそれが嫌ではなかった。誰かに隷属させられるのであれば、きっと反発したはずだ。しかし、ベルが口にした響きにあったのは、無邪気な望み。子供が夜空の星を欲しがるように、砂漠で水を欲しがるように、深く考えることなく出て来た言葉。

嘘偽りのないそれを、本音という。

深く青い目にじっと見下ろされ、最初はぽかんと口を開けていたフィリオは、次第に赤くなる頬に感じる熱に、顔を下に向けるとそのままベルの胸に頭をぐりぐりと押し付けた。

「ベルさんって……」

なんという言葉の破壊力だろうか。

これではまるで求婚ではないか。

（ベルさんが結婚するのは姉上なのに……）

優しくされるべきは姉だと頭の中では理解しているのに、居心地のよいこの場所を渡したくないと望む自分がいる。

フィリオはもう一度ぎゅっと頭を押し付けた。フィリオが照れているだけだとわかったのか、ベルはそれはもう嬉しそうに片手で抱き着き、片手は頭を撫でている。

真っ赤になっているだろう顔を見られなくてよかった。ベルのように色素の薄い白い肌だったなら、それこそ体中の血が顔に上ったのが一目瞭然だったに違いない。

ひとしきり八つ当たりのように頭を胸に埋《うず》めていたフィリオは、大分頬の熱が引いたのを両手で触って確認して、顔を上げた。


ちょうどよい頃合いだったらしく、フィリオが立ち上がったのと同時に、開かれたままだった扉を叩くコンコンという軽い音がして、相変わらず隙のない礼装姿のサイデリートが立っていた。

「将軍、確認することがあるのですがよろしいですか？」

ベルは首を傾げたが、すぐに中に入るよう前の椅子を指差した。人によっては横柄だと思われそうな態度だが、第三王子の乳兄弟は特に気にすることなく椅子に腰掛けた。

ちらりとサイデリートに見られたフィリオは、自分がいてはよくない話かもと思い、部屋を出て行こうとしたのだが、

「……ベルさん……」

すかさず伸びて来た腕に服の裾を摑まれ、退室することが出来なくなってしまう。

「サイデリートさんは将軍のベルさんにお話があるんだから、僕はいちゃいけないんですよ」

だから離してくださいなと手の甲をぺちぺちと軽く叩くのだが、却って強く摑まれる結果になる。

「お話の邪魔はしたくありません。ほら、すぐそこの庭にいてお話が終わるのを待ってますから」

明るい日差しに溢れる窓の外を指差す。

「庭だったら話をしていても見えるでしょう？　先にサイデリートさんとの話を終わらせてください」

「将軍、お寛《くつろ》ぎのところ申し訳ありませんが、今後の予定がありますので」

「じゃあ、僕は庭にいますね」

「フィリオ」

ベルの意識がサイデリートの方へ逸れた隙に、するりと腕を引き抜いてフィリオは外に駆け出した。

タッタッタと軽い音を立てて庭に下り振り返ると、肩を落としたベルの姿が見えたがサイデリートに何か言われたのか、椅子に座り直している。苛々しているのが丸わかりだ。

その様子を見て、フィリオはほっと肩から力を抜いた。

「なんだかなあ……。サイデリートさん、変に思わなかったらいいけど」

国王一家とも縁のある青年が、将軍についてあれこれ吹聴して回ることはないと思うが、少年にべったりくっついている姿は外聞のよいものではない。

「後からこっそり口止め頼んでみようかな」

庭に出たフィリオは、陽光に眩しく輝く白い石造りの屋敷を仰ぎ見た。

立っているフィリオの背中側、庭の奥に目を向ければ円形の植え込みの向こうにはまた木々が乱立して、門を入ってすぐのところと同じようにちょっとした森のように見えた。

「壁からぐるっと森になってるみたい」

屋敷の敷地内全部を森に見立て、真ん中の空間に屋敷が立っていると考えるとわかりやすい。

「森屋敷って名前が本当にぴったりだ。森が先なのか、それともお屋敷が建ったのが先なのか、どっちだろ」

一般的な屋敷によく見られる柵ではなく、高い石塀に囲まれているヒュルケン将軍の屋敷は、外から中の様子を窺うことは出来ず、塀の上から見えるのがこれまた木々。隣近所のお屋敷にはちょっと謎な場所と考えられているかもしれない。

「僕が知らなかっただけで、ご近所の人や他の貴族とか軍の人なんかはヒュルケン将軍のお屋敷だってわかってるとは思うんだけど、門の中に入ったらびっくりするだろうなあ」

ベルは、他の貴族のようにこの屋敷で夜会を開いたり会合を持ったりはしないだろうし、親しい人がいるかどうかも不明だが、門から中へ人を招き入れることはあまりなさそうなので、「森屋敷」の中のことまでは知らない人が多いに違いない。

そう考えると、なんだか特別な優越感のようなものが芽生えて来る。といっても、三宝剣の将軍の屋敷に入るのを許されたことへの権威的な優越感ではなく、街の中で森の中にいる気分を味わうことが出来るという、どちらかというと現実的なそれだった。

塀の周辺こそ木々は鬱蒼と茂っているが、屋敷の周辺はそこまで密集しているわけではなく、屋敷寄りには観賞用としてよく見る落葉樹や花をつける木もある。敷地面積が広いのと木の数が多いせいで足の踏み場もないように思われがちだが、細い小路も整備され、枝が邪魔にならないよう剪定《せんてい》もされている。山の中のような野生的な歩き方が求められることはないだろう。

散歩や運動にもいいし、夏は木陰の下で涼を取るのもよさそうだ。

落ち葉の季節には庭掃除がかなり大変そうだが、そこは臨時で人を雇ったりすれば何とかなるだろう。

などと考えていたフィリオは、はっと赤面した。

「やだなあ。僕、自分がここに住む気でいろいろ考えちゃってた。ここに住むのは僕じゃなくて姉上かもしれないのに」

仮婚は十日なのだ。その期間を過ぎれば出て行かなければならないし、仮に姉がベルと結婚したとしてもフィリオがここに住むわけではない。

「たった十日だけなんだ……」

なんだか期限付きの滞在がとても残念に思えてしまって、フィリオは気分を変えるように建物の方へくるりと体を反転させた。

白い建物に陽光が反射して少し眩しい。額の上に手を翳《かざ》して庇《ひさし》を作ったフィリオは、

「姉上の部屋はどこだろう……あ、あそこかな」

二階の端に目星をつけて背伸びをして探すと、一番右端の窓に姉の姿がちらりと見えた。荷物は少ないはずなので、特に片づけを必要とするものはない。きっとすぐ暇になって下に下りて来るだろう。それまで庭を眺めていよう。

そう思って屋敷の方を向いたまま後ろへ一歩下がったフィリオは、

「わあっ！」

後ろ手に組んでいた手に触れた何か生温かいものに、小さく悲鳴を上げた。背後には植え込みがある。虫か何かだろうかと声を出してしまった自分を恥ずかしく思いながら振り向いたフィリオは、

「なっ……！」

口から飛び出しかけた悲鳴と息を呑み込んだ。

大きく見開かれた桃色の瞳に映ったのは、真っ黒な毛並の大きな獣だった。ハッハッと息を吐く開かれた大きな口から覗くのは、鋭い犬歯と赤い舌。獣の背はフィリオの腰の辺りにまで達し、頭の部分は飛び掛かればまさに首を嚙み切るのにちょうどいい場所にある。

形は犬だ。たぶん。狼《おおかみ》のような気がするが、違いはフィリオにはわからない。

わかるのは、その獣が青い瞳でじっと自分を見つめているということ、一口で手首を嚙み切れそうな場所に顔があるということ。生温かいのはフィリオの手に獣の舌が触れたからということ。

獣が一歩足を踏み出した。

フィリオが一歩後ろに下がる。

怖い。怖いが目を離せない。

背中を向けた瞬間、鋭い獣の牙と爪で引き裂かれてしまうかもしれない。

そう思うと、大きく動くことは出来なかった。冷や汗が額を伝うが拭う気も起きない。

その代わり、

「べ、ベルさんっ……」

掠《かす》れた声で小さく、ほんの小さく名前を呼んだ。

同時に、

「フィリオッ！」

二階から聞こえたのはアグネタの叫び声。窓から外を見ようとして、眼下で弟が巨大な獣に遭遇したことに気づいたのだろう。そのこと自体はとても嬉しかった。だが、

（姉上……お願いだから刺激しないで……）

何が切っ掛けになって獣が豹変《ひょうへん》するかわからない

今、大きな声や音などは少しでも排除したかった。

　そして、

「フィリオ！」

　フィリオの小さな声を拾ったベルは、険しい顔に剣を摑んで部屋から飛び出し、庭に続くテラス階段を飛び下りて、真っ直ぐフィリオに駆け寄った。

「フィリオッ！　どうした！　何があった!?」

　この短い距離の中、鞘《さや》は投げ捨てられ、抜身の剣が銀色の輝きを放っている。ベルの目はすぐにフィリオの姿を見つけ、それからフィリオの後ろにいる獣に気づいた。その瞬間、険しかった表情がふっと和らぎ、剣を下ろしながら納得したように呟いた。

「お前か、エメ」

「エメ……？」

　剣を下げたままフィリオの傍まで歩いて来たベルは、片腕で震えるフィリオの体を抱き締めて優しく背中を撫でながら、低い声で宥めるように言った。

「怖がらせて悪かった。エメは何もしない。大丈夫だ」

「……本当？」

「本当だ。エメ、フィリオを怖がらせるな」

　安全な腕の中にいたフィリオは、ベルの手でくるりと反対側に向けられ、再び獣と顔を合わせた。

　びくっと震えてしまったのは仕方がない。フィリオはぎゅっとベルの服を摑み、そんなフィリオに優しくベルが話し掛ける。

「フィリオ。これがエメだ。怖くない」

「……エメって前に言ってた家族の名前ですよね？」

「そうだ。エメは俺の家族。養い親だ」

「親？」

　見上げた先のベルの顔に浮かんでいるのは、少し優しげな、少し困ったような微笑。その青い目は、真っ直ぐに漆黒の獣を見つめている。恐れているのでもなく、フィリオを驚かせたことに怒っているのでもなく、ただ「困ったやつだ」とでも言いたそうな、そんな優しい目。

獣の方は澄ましているが、ふさふさした長い尾は大きく左右に揺れている。

「エメに悪気はない。ただフィリオがどんなのか見たかっただけ」

「匂いを嗅いでたのかな。それとも挨拶のつもりだったのかな」

独り言だったが、獣はその通りだとでも言いたげにフィリオに向かって尾を振った。

「舐めたのは味見……ってことはないよね？」

美味しいかどうかを確かめたということはないはずだ。

そう思おう。

「フィリオ」

じっと漆黒の獣を見ていると、背後からいつものように抱き抱えるようにして立っていたベルが、フィリオの手に自分の手を重ねて持ち上げた。

「え、まさか……ちょっとベルさんっ」

思う間もなく、伸ばされた手は獣の頭の上に乗せられた。

漆黒に銀を散らしたような艶やかな毛は、

「あ、柔らかい……」

堅い剛毛だろうという予想に反し、さらりとした撫で心地で、まるで絹糸の束に触れているのと同じくらいしなやかで柔らかな手触りだった。毛の一本一本が細く、長いせいだろう。

どんな女性の長い髪もエメの毛皮には敵《かな》わないのではないだろうか。

「フィリオと同じ」

「僕と同じなんて言ったらエメが怒りますよ」

自分の頭に手を乗せても、まるで手触りが違う。

「フィリオもエメも柔らかい。だから同じ」

「そうかなあ？」

柔らかいのは同意するが、エメの毛をさらさらだとしたら、自分の髪の毛はふわふわの柔らかさだと思う。要は、柔らかさの種類が違うのだ。

一度撫でてしまえば、食べられるかもしれないという怖さは半減する。まだ完全に怯えが抜け切れないのは、口の中の鋭い牙を見てしまったからで、無害だとわかっていてもちょっと怖い。

おそらく、ベルもエメもわかってはいるのだろう。動くことなくフィリオの好きにさせている。

さらりさらりと、ベルが手を離した後も頭から首にかけて撫でていたフィリオは、揺れる尾を見て、この獣はやはり犬ではないのだと確信した。

長くふさふさの尾は、毛に覆われているせいでわかりづらいが、根元から二本に分かれていたのだ。黒毛の中に銀を帯びた毛がところどころに混じっているせいか、豊かな毛を持つ長い尾が揺れるたび、銀色の光が輝いて見える。

それ以外にも犬ではない証拠はいろいろあると思うのだが、説明下手なベルに一度に多くを求めるのは諦めた。そのうちわかればよいのだ。フィリオは十日を共に暮らすことになる獣の前に膝をついて目を合わせた。

「これからしばらくお世話になるフィリオです。エメさんの気に入らないことはしないように気をつけるけど、もしも間違ったことがあったら教えてくださいね。エメさんの方が僕よりもずっとこのお屋敷のことを知っているんだろうから」

丁寧な居候の挨拶は、エメのお気に召したらしい。

ベルの顔を見上げ、

「よし」

許可を貰ったエメは、一層激しく尾を振りながらフィリオの顔をペロリと舐めた。

「うわっ！」

慌ててのけ反った弾みで、尻餅をついてしまったフィリオの上にさらに調子に乗ったエメが圧し掛かる。これにはさすがに驚いた。

「ベルさん！　そんな和んだ顔してないで、助けて！」

これではまるで初対面の時のベルとフィリオの姿の再現である。黒い毛と青い目。養い親だと言うだけあって、ベルとエメ、二人の行動はそっくりだ。

普段ならすぐに助けてくれそうなのに、何が楽しいのか上機嫌で一方的なじゃれ合いを眺めているベルは、助けという点ではまるで当てにならない。

自分の好きなものたちが仲良くじゃれている姿は、ベルにとっては宝物のような場面で、ずっとずっと眺めていたいものでもあるのだろう。

それを邪魔したのは、

「ちょっと！　うちの弟が襲われてるのに何見てるのよ！　ヒュルケン将軍！　笑っていないで早くフィリオを助けて！」

フィリオがエメに押し倒されたのを見て、襲われたのだと勘違いしたアグネタが、血相変えて庭に飛び出して来てからのこと。

引き離されて残念そうなエメとベルに対し、フィリオを背後に庇《かば》いながらフーフーと威嚇するアグネタ。

（姉上、縁談のことすっかり忘れてる……）

だがどこか嬉しいと思ってしまったのは、縁談相手のベルに対する見栄や媚《こ》びなどよりも、弟の自分を真っ先に心配してくれたからだ。今もまだ、上司のベルに向かって煩いくらい訴えている。

フィリオは一人、隠れて笑いながら、どうしたものかと考えた。

と、そこに落とされたのはサイデリートの冷静な声だ。

「——なるほど。わかりました、ヒュルケン将軍が結婚のお相手にと望んだのが誰なのか。フィリオ様」

「はい？」

フィリオは姉の後ろから顔を出して小首を傾げた。

「将軍の嫁はフィリオ様だったんですね」

は？

間抜けな顔をしていたと思う。それくらい突飛《とっぴ》な台詞だったのだ。

「僕が何か？」

「フィリオが将軍の何ですって？」

姉弟が声を揃えて尋ねると、サイデリートは半笑いの表情で言った。

「本物の嫁がわかったのですよ」

「本物の嫁？」

今度も二人の疑問の声は重なった。

「ええ。屋敷に到着してから今までの様子を拝見していて確信いたしました。ヒュルケン将軍の本当の嫁はフィリオ様だということが」

はっと顔を見合わせたキト家の姉弟は、エメと戯れる将軍を揃って振り返った。

膝をついてエメを撫でながら、男前な顔に似合わぬきょとんとした表情を浮かべたベルは、

「ヒュルケン将軍、自分の口で説明してください。どなたが将軍の仮婚のお相手なのか」

サイデリートの突き放した言葉に頷くと、ゆっくりと立ち上がった。そして、ゆっくりとした足取り

で二人の前まで来ると、そっとフィリオの手を取り、手の甲に口づけた。

「俺の嫁」

蕩《とろ》けるような笑みとはこのことか。

ご婦人方を虜《とりこ》にすること間違いなしの極上の微笑を浮かべたウェルナード＝ヒュルケン将軍に、フィリオは自分の頬に熱が集まるのを感じた。アグネタは真っ赤になって口をパクパクし、サイデリートも「ほぉ」という表情を浮かべている。だが、それよりも大事なことがある。

フィリオはベルの顔をじっと見つめ、呟いた。

「――僕がベルさんの嫁……」

ベルはしっかりと頷いた。

つまり結婚相手。

ふらり。

傾いだ体を支えた逞しい腕に摑まりながら、フィリオは気の遠くなる思いを感じていた。


このまま話をするには庭先では落ち着かないということで、一同は広々と開放的な応接間へと場所を移した。

白い樫《かし》材のテーブル、食器を収める棚といい、白を基調にした調度品が品よく配置されている。ベルの部屋も似たような家具が置かれていたが、あれもベルが見立てたわけではないだろう。繊細さと上品さが同居した居心地のよい部屋を作り上げる姿が、どうしても想像出来ないのだ。フィリオの中のベル像は、寝場所を確保出来さえすれば後は部屋の大きさや場所さえも気にしそうにないというものなのだ。ベル以外の他の人物の手が入っているのは間違いない。根拠なくフィリオは確信していた。

「つまり、ヒュルケン将軍が結婚相手に選んだのはフィリオで、私は邪魔だったたってこと？」

腕組みするアグネタは、到着から今に至るまでの間に脱げかけていた淑女の皮を脱ぎ捨て、本来の気の強さを隠しもしない。

「一体どこをどうしたらそうなるのよ」

正面のベルを不機嫌に睨むアグネタは、サイデリートが隣に座っているから抑えているだけで、それがなければ対面に座るベルの胸倉を摑みかからんばかりの勢いだ。

「落ち着いてください。アグネタ様」

「落ち着いていられるわけないでしょー」

ぐわっと音がしそうな顔で迫られて、サイデリートは腰が引け気味ながらも、職務を全うすべく奮闘する。

「ヒュルケン将軍、もう一度確認しますが、アグネタ様が仰るように、結婚相手にと望まれたのはフィリオ様で間違いないと、そう判断してよろしいのでしょうか？」

腕組みをしたベルは偉そうに大きく頷いた。その後で、隣にぴったりくっついて座るフィリオの方をチラチラ見なければ、もう少し締まるとは思うのだが。

（三宝剣だから実際偉いんだけどね）

察するに、かっこいい自分をフィリオに見せているようだ。

「最初から俺の嫁はフィリオに決めている」

「ですけど、インベルグ王子はそんなことたぶん知らないと思いますよ。ルキニ侯爵の娘だとはっきり私に仰いましたから」

そのつもりで、部屋も準備した。ほとんど使われていないところを掃除して、日当たりのよい部屋を女主人用にと見繕った。屋敷内の調度品はどれも上質なのだが、念のため、若い娘が好みそうなものを新しく選んで急ぎ運び入れた。それが、である。実際に当日を迎えてみれば人違い。しかも相手は男。

　乳兄弟に頼まれて見届け人を受けた時には、こんなややこしい事態になるとは思いもしなかったサイデリートは、城に戻ったら真っ先にインベルグ王子へ文句を言うことを固く誓っていた。勿論、手間賃を貰うのも忘れてはいけない。

　しかし、それはあくまでも王子側の問題であり、ベルには外野の事情はまるで関係ない。ベル本人は最初からフィリオを望んでいるという点で一貫しており、そこを曲げる必要も、他のものたちへ斟酌《しんしゃく》する理由もない。

　ベルに言わせれば、どうしてたったそれだけのことでグダグダ言われなきゃいけないのかというところだ。だから、

「何か問題でもあるのか？」

　ベルにとっては無邪気な、アグネタやサイデリートにとっては無神経な問いを発するのだ。

　サイデリートはキッと目を吊り上げた。

「問題？　ええ、ありますとも。寧ろないと思う方が不思議です」

　ごもっとも。

　フィリオは心の中でサイデリートに同意した。最初に見た時には、あまり表情を動かさない生真面目でとっつきにくい人だと思っていたが、屋敷に着いてからはベルやアグネタが口を開くたびに表情が変わって、とても人間味が出て来ているように感じる。

「王子の勘違いだったのなら紋め――いえ叱らなければなりません。そう、まずはインベルグ王子に報

告する必要があります。それに本婚の儀式の延期を申し入れなければ……」

「延期？　なぜ？」

「お嬢様と結婚すると思っていましたから、皆さま乗り気だったんですよ。国王陛下など、後は将軍が署名するだけにした婚姻の承認書を用意してお待ちです」

他にも祝いの品はどれにしようかと、出入りの商人を呼んで品物を吟味している王子の兄弟たち。それが性別まで異なる人違いだったとなれば、状況は変わる。

「それにルキニ侯爵やキト家にもこの話をなかったことにとお詫びに伺わなくてはなりません」

人違いだったと言われた当事者のアグネタは、怒ってはいても傷ついている様子は見られないが、もしも仮婚初日に家に戻されたとでもなれば、今後の縁談にも支障があるかもしれない。

サイデリートの言葉は真っ当でもっともだ。

フィリオは気遣わしげに姉の顔を窺った。

「姉上」

「いいの。いいのよ、フィリオ。私のことは放っておいてちょうだい。おかしいと思ったのよね、どうしていきなり将軍との縁談が持ちあがったのか。だってまったく将軍とは接点がなかったんだもの」

「でも姉上もベルさんも軍部でしょう？　一緒の建物にいるんだから、顔を合わせたりはしないの？」

「馬鹿仰い。どれだけの人が働いていると思っているの？　軍務庁全体の中に文官と武官がいて、それはもうたくさんなんだから。私のいる補給部だって、第一から第六まであるのよ。いちいち補給部まで将軍が足を運ばなくていいように、仕事しているんだから」

「じゃあ、本当に初めてなの？」

「私は顔を知っているけど、将軍と直接お会いするのは初めてよ」

「本当なんですか、ベルさん」

「本当。フィリオの姉さんに会うのは今が初めてだ。たぶん」

たぶん、と付け加えた理由を聞くと、すれ違っただけだったり、ベル対集団の場にアグネタがいたとしても覚えていないからということらしい。

「じゃあ、直接の接点は本当に何もなかったんですね。でも、だったらどうして王子は姉上をベルさんの相手だと思ったのかな」

アグネタはふぁさりと後ろ手で金髪をかき上げた。

「魅力的だったからじゃない？」

「……姉上、真面目に」

私は真面目よっと叫ぶ姉は放置で、フィリオはサイデリートへ顔を向けた。

「サイデリートさんは何か聞いていますか？」

「いいえ何も。ただ昨日は非常に浮かれていたのは確かです。戦に出る前でもあれほどはしゃいでいることはないので、それくらい熱を入れているのだと」

「ベルさんは？　王子とどんな話をしたんですか？」

「嫁にすればずっと一緒だと言われた」

フィリオは困ったように眉を下げた。

「じゃあ誰をって言うのは王子に言ってないんですね？」

第三王子がどんな経緯で誤った人選をしてしまったのか、ベルの説明だけではわからないが、とにかくこの縁談はなかったことにするしかない。

「サイデリートさん、人違いだったのだからこの仮婚は成立しないと思います」

「ええ、そのようですね」

「だったら姉上には家に帰って貰うのが妥当だと思うんですが、どうでしょうか。見届け人としても、無為に過ごすよりもいいと思うんですけど」

「確かに、見届け人は仮婚を行うことが前提で派遣される役目。仮婚そのものがないのなら、私がここにいる理由もありません。お嬢様もフィリオ様も同じく」

「わかります」

フィリオは素直に頷いた。

「ヒュルケン将軍は、失礼ながらアグネタ様と結婚する意思は皆無ですし、今後も変わることはないと断言出来ます」

ぷくうっとアグネタの頬が膨らんだ。しかし、これくらいはっきりと言わなければ、いつまで経ってもアグネタは自分の負けを認めようとはしないだろう。自分が嫁に望まれているのを差し引いたとしても、女を怖がるベルが姉を選ぶことはない。

（ありがとうございます、サイデリートさん。これ以上ないほど可能性がないとわからないと姉上はしつこいから、助かりました）

フィリオは心の中で頼もしいサイデリートに向かって手を合わせて拝んだ。

「ということなので、ベルさん。せっかくお屋敷にお招きしていただいたけど、僕と姉上はこのまま引き取らせて貰います」

正直にぺこりと頭を下げ、ほっとしたフィリオだが、

「帰るな」

「嫌よ」

二人の反対する声に、目を丸くした。

「姉上？」

「私は帰らないわよ。せっかく将軍とお会いできる

機会が出来たんだもの。仮婚の間はここにいるわ」

「でもベルさんは姉上を娶る気持ちはないみたいですよ」

「仮婚が終わった頃には私を選んでいるかもしれないわ」

その自信が一体どこから出てくるのか、詳しく問い質《ただ》したい気分だ。

「姉上、将軍のご迷惑になるから……」

「構わない」

「ベルさんっ？」

居座る気満々のアグネタを宥めるフィリオだったが、当事者のベルは追い出すのでなく、そのまま仮婚を続けていいと言う。

「それは、姉上を選ぶ可能性があるということ？」

「それはない」

「ちょっと！」

腰を浮かせたアグネタだったが、そちらは無視してベルの目はフィリオしか見ていない。

「彼女がいればフィリオもいるのだろう？」

「ベルさん……」

啞然としたフィリオと、

「それが目的ですか……」

とうとう額に手を当てて背もたれに体を預けてしまったサイデリート。

「ベルさん」

名案だと喜んでいるベルではあるのだが、

「怒りますよ、僕」

フィリオは目を吊り上げた。

「フィリオ？」

「どうしてそんな無神経なことを言うんですか。選ぶ気がないのに仮婚だけをするなんて、姉上を侮辱するにもほどがあります。たった十日のために姉上を利用するなんて……。姉上だけじゃない。キト家やルキニ侯爵家まで侮辱したようなものです。そんな理由で仮婚を続けるなんて、絶対に認めません」

　叱られたベルは、最初は勢いに驚いていたが、次第に肩を落としてしまった。気の毒なほどの落ち込みようだが、これだけは譲れない。

　そして、

「フィリオ、私のために怒ってくれてなんていい子なの！」

　自分の味方が増えたと喜んだアグネタだが、説教の矛先は姉にも容赦なく向けられた。

「姉上もです。将軍にその気がないのがわかってて居座るなんて、図々しいにもほどがあります。キト家女性の家訓を忘れてしまったんですか？」

「失礼な。覚えてるに決まってるじゃない。強く逞しく賢い女であれ、よ」

　女性の家長が七割を占めるクシアラータ国ならではの家訓である。ちなみにキト家の男に与えられる家訓は「大らかであれ。凪《な》いだ心を維持せよ」である。

「覚えているならいいです。でも今の姉上はその家訓とは違う行動をしている。見込みのない相手の家に押し掛けるなんて、まったく賢くありません。当たって砕けろどころか、当たる前に砕けてしまった石粒なんですよ。それもとっても小さい粒の」

　人差し指と親指を丸めて爪の間に隙間を作ってアグネタに示す。

「フィリオ様、フィリオ様、それヒュルケン将軍より酷いこと言ってますよ」

「いいんです、サイデリートさん。姉上にはこのくらい言わなきゃわからないんだから。ほら」

　弟にかなりきつい言葉を投げつけられて意気消沈

するかと思いきや、アグネタはむっとしたまま唇を尖らせている。

「意地悪ね、フィリオったら」

「意地悪で言ってるんじゃないですよ。望みのないものに労力使うなら、もっと他のことに費やせばと思うから言ってるんです。仮婚でここにいるだけの日数があれば、他の人との出会いを探すには十分な時間だと思わないですか？　お友達の家の夜会に出掛けたり、遠乗りに出掛けたりすればいいのに。父上に頼めば、いくらでも夜会の招待状をいただけそうですけど」

「でも、将軍は勿体《もったい》ないわ……」

「だから、ベルさんは駄目って言ってるでしょう？」

「どうしてフィリオが断るのよ」

「姉上、ちゃんと話を聞いてた？　ベルさんは最初から姉上は眼中にないって言ってるじゃないですか」

「振り向かせればいいだけのことよ！」

「それが無理って言ってるんです！」

姉弟の言い合いは、次第に熱を帯びて来る。そんなフィリオを見つめるベルの目は、頼もしいと言いたげに細められていた。

しかし、このままでは話が進まない。

「それではこうしましょう」

人違いなら人違いでいい。早いところお役御免になりたいサイデリートが、そっと口を挟んだ。ベルの仲裁は最初から当てにしていないので、フィリオにはよい援軍が出来たことになる。

「ヒュルケン将軍はお嬢様との縁談は考えていない。お嬢様は夫になる方を探していらっしゃる。それなら出会いの場を私が用意させていただきます」

「サイデリートさんが？」

「出会いの場を？」

身を乗り出したアグネタに襟を引っ張られていたフィリオは見届け人を見つめた。アグネタも手を止めて、隣を振り向く。

「夜会に茶会、舞踏会に観劇。いくらでも貴族の方たちが集まる場はあるのですよ。今回はインベルグ王子が先走ったお詫びも兼ねて、週に二度の夜会へのご招待をお約束させていただきます」

「そんなに夜会があるんですか？」

フィリオ自身はあまり社交の場が好きでないこともあり、妹の婚約者の家や兄夫婦の家で開かれる小ぢんまりとした夜会に時々出席する程度だ。父親のルキニ侯爵は身分柄、国王主催の夜会にもたびたび顔を出している。母が存命の頃には上の兄と姉は行ったことがあるらしいが、アグネタから下の子供たちは城の夜会や王族主催の会は未経験だった。

「王子のご兄弟たち主催で日替わりで。王子自身はあまりお好きではないようですが、頑張って貰うことにしましょう。迷惑だと思ってはいけません。あくまでも王子の勘違いが引き起こした悲劇なのですから、王子には責任を取る義務があるのです。お気になさらずに」

王子をそんなことに使っていいのだろうかと思うが、確かに騒動の発端の一部が王子にあるのは間違いない。

悲劇の主人公だったはずのアグネタを見れば、

「夜会……王子の夜会……。強くて素敵な人はいるかしら？」

既に意識は将軍から華やかな夜会へと飛んでいる。

（姉上……）

この変わり身の早さ、そして貪欲さ。

まさにクシアラータの女だと思う。

フィリオは溜息をついた。諦めてくれるのなら後は好きにすればいい。

「お願いしてよろしいですか？」

「言い出したのは私ですから、責任を持って招待状を届けさせていただきます。ルキニ侯爵経由で構いませんか？」

「はい。父を通した方が無難ですから」

「ではそのように」

とんとん拍子に話はまとまり、渋っていたアグネタも上機嫌で帰り支度をするために二階に上がった。サイデリートは馬車の用意をするため表に行き、応接間に残ったのはフィリオとベルだけだ。

「ベルさん」

姉の説得が効力を発揮し始めた頃から黙っていたベルの名を呼ぶと、じっと見つめる青い瞳。その瞳は雄弁にベルの心情を語っていた。

「帰ってしまうのか？」

「はい」

「そうか……」

「ベルさんにも本当にご迷惑をお掛けして……。姉のことはもう忘れてください」

がっくりと肩を落とす長身の男を見下ろすフィリオには、掛けるべきうまい言葉が見つからない。

ウェルナード＝ヒュルケンという男が、仮婚を楽しみにしていたのは間違いないのだ。馬車の到着を待つようにして飛び出て来た姿は、心待ちにしていたのだと雄弁に語っている。

入れて貰った私室は、ちょっと雑なところは何とか片づけようと頑張った証拠だろう。エメが外にいたのは、後でゆっくり紹介するつもりだったのかもしれない。

その漆黒の獣エメは、床に座って心配そうにベルの顔を見上げている。さっきまでは揺れていた二本の尾も、力なく床の上に置かれたまま動くことがない。

「また、一緒にお城の四阿でご飯を食べましょう」

「膝枕」

「いくらでも。ベルさんが起きるまでずっとしてあげます」

「フィリオ」

伸ばされた手に預けるように顔を差し出すと、触れる温かく大きな手のひら。

「何？」

柔らかい白銀の髪がふわりと輪郭を縁取る褐色の肌。大きめの桃色の瞳は笑みを湛えて、色素の薄い男の白い顔を見つめている。

青い瞳が微かに見張られ、小さく笑ったのが目の端に映った。

直後。


「――え……」

唇に触れた少しかさついた柔らかいものは一体何だったのか――。

1-4

「――リオ、フィリオ、聞いているかね？」

儀礼庁の長官室。作業机の前に座り、持ち込まれた書類を仕分けして綴《と》じる作業をしていたフィリオは、ルキニ侯爵の声にはっと顔を上げた。

「は、はいっ父上……じゃなくて長官」

「また手が止まっていたよ。ぼんやりして、具合でも悪いのかね？」

「いえ、特に体調が悪いということは……」

しまったとフィリオは俯いた。侯爵に「また」と言われるくらい頻繁に手が止まっている自覚はあるのだ。

「申し訳ありません」

「いや、体の具合が悪いのでないならいいいんだ。本当は家でゆっくり話せるといいいんだが」

最近ルキニ侯爵は長官としての仕事が忙しい。朝は一緒に馬車に揺られて登城しても、帰りは夜中になることが多く、朝の僅かな時間やこうした仕事の合間にしか会話する時間が取れないでいた。

忙しくて大変だくらいにしか思っていなかったフィリオだが、父親の方は息子の様子を気に掛けていたらしい。

「本当に何も心配するようなことはないから安心してください。ちょっと考え事をしていただけなんです」

「悩んでしまうほどにかね？」

「深刻じゃないんです。深刻だったらきっと凄い顔してるはずだから」

ただ、ほんのちょっとした弾みに思い出すだけで。唇がカップに触れた時、柔らかいパンを食べた時、鏡に映った自分の顔を見た時などに。

（ベルさん、待ってるかな）

仮婚が初日にして破談になった日の翌日、フィリオは四阿に行くことが出来なかった。朝のうちには行こうと思い、料理人にいつものように籠に食事を入れて貰った。ベルの好きな牛肉料理も一緒に。

だが、実際に昼が来て、休憩時間になってしまうと足が四阿に向かうことを拒否してしまったのだ。

決して嫌なのではない。ただ、どんな顔をして会えばいいかわからなかっただけで。

最初の一度目を逃げてしまうと、後はもう連鎖的に行けなくなってしまった。行った時にどうして来なかったのかと尋ねられたらどうしよう。あの時のことを蒸し返されたらどうしよう。そんなことが頭の中をぐるぐる回って、気づけば五日も過ぎていた。

食事は儀礼庁の建物の中にある休憩所でもそもそと食べている。二人分の分量はさすがに全部食べ切ることは出来ずに初日は苦労したが、二日目からは屋敷近くに住み着いている野良犬や野良猫に分け与え、辛うじて無駄にしないでいる状態だ。料理人に一言、一人分だけでいいと伝えればいいだけなのに、そんな簡単なことが出来ないのは、四阿へ行きたいという気持ちはあるからだ。

居心地のいい四阿に、ベルが一人ぽつんと座っている姿は容易に想像することが出来た。自分でも変だなとは思うのだ。短い間によくもまあこれだけ心許せたものだと。

ベルが本当はウェルナード＝ヒュルケンという名前で、国で名を知らぬものがない有名な英雄だったとしても、最初に抱いた印象はずっとそのままフィリオの中に残っている。

というよりも、すぐに自分に抱き着きたがり、別れる時には寂しいと全身で表現するあの男を、英雄と同一視出来ないのだ。戦っている姿は無論、見たことがない。そればかりか、真面目に仕事をしている姿すら見たことはない。知っているのは、女の人が怖いからと隠れていた姿やフィリオに全身で甘える姿で、これで立派な将軍様を想像しようと思うのが無理なのだ。

フィリオの知らないベルと知っているベル。どちらも同じウェルナード＝ヒュルケン将軍。その男にフィリオは求婚されている。

（なんでベルさんは僕に口づけたんだろう）

屋敷にいた犬や猫と同じような気持ちで？

それとも――。

再び物思いに沈みかけたフィリオだったが、

「邪魔するぞ」

尊大な声と共に長官室の扉がバタンと大きな音を立てて開かれた。唖然とする二人が見ている間に、ズカズカと靴音高く中に入って来た男は、縦に長い部屋を直進して椅子に座る侯爵の前まで来ると、バンッと力強く両手を机の上に叩き付けた。

「侯爵！　お前の子供を嫁に貰うぞ」

かなり激しい音がしてフィリオは肩を竦めてしまったが、登場に驚いたであろう侯爵は王子の行動には眉を少し寄せた程度で平然としていた。

「インベルグ王子が、でしょうか？」

「俺じゃない。あの阿呆《あほう》の野郎だ。五日前に破談になったウェルナード＝ヒュルケンに、だ！」

言葉も荒く言い切った王子は、そのまままくるりと顔だけ横に向け、勢いのよさに呆気に取られていたフィリオの姿を認めると、それはもうニヤリとした凄味のある笑みを端正な顔に浮かべた。黙って立っていれば文句なしの男らしい美青年だが、残念なことに第三王子には悪役がよく似合うと言われるくらい、爽やかな笑みが似合わない。王子自身もそれがわかっているのか、殊更悪ぶって見せる傾向がある。

その第三王子が、である。「獲物を見つけた」と言わんばかりのギラギラした瞳で、凄味ある笑みを自分に向かって浮かべたのだ。

「……っ！」

この場合、逃げ腰になってしまったとしても許されるはずだ。

「フィリオ＝キトだな」

「は、はい」

小さな声で返事をすると、王子はそれまで以上の輝いた笑顔になった。つまりは、もっと怖い顔になったということだ。

「ちょうどよかった。ルキニ侯爵！」

侯爵の名を呼びながら、なぜか大股で向かう先はフィリオの元。

（なんで僕が……）

ぐいと力強くフィリオの細い腕を掴んだ王子は、そのまま自分の傍へ引き寄せ、頭を力いっぱい撫でながら言った。

「このふわふわの銀髪。間違いなし。こいつだ、こいつ。こいつは俺が貰って行くぞ」

「お待ちください、インベルグ王子。貰って行くと言っても、その子は私の息子。愛玩動物ではありません」

さすがに温厚な侯爵も、自分の息子を乱暴に扱う王子の行動は看過出来ないと、立ち上がると執務机を回って前に出て、抗議の声を上げた。

（父上……）

既にフィリオの桃色の瞳にはじんわりと涙が浮かんでいる。

ベルに襲われかけた時も怖かったが、今はそれ以上だ。

「理由も何もヒュルケン用の供物だ」

「供物？」

「僕、食べられてしまうんですか⁉」

思わず大きな声を出したフィリオは、慌てて口を噤《つぐ》んだが、至近距離でこの声が聞こえないわけがない。

「そうだ、お前は生贄《いけにえ》になるんだ。阿呆なヒュルケンに捧げられて貰う。そのまま喰《く》われちまえ」

「喰われる……！」

「王子、それだけではわかりません。説明をお願いします」

「説明も何も、俺の目的は最初から一貫している。ヒュルケンを結婚させる。それだけだ。侯爵にはこれだ」

忘れていたと言いながら、王子は腰帯に挟み込んでぺしゃんこにしてしまった巻紙を、ルキニ侯爵の目の前に投げ置いた。

「国王からの命令書だ。といっても、もう前に貰ってたやつなんだが、改めて命令を遂行させて貰う。フィリオ＝キト、ウェルナード＝ヒュルケンとの仮婚の遂行を命じる。お前に拒否権はない」

父子はどうしたものかと視線で言葉を交わし、出した結論はとりあえず、フィリオを捧げると言った真意とそうなるに至った経過を聞き出すことだった。


そうして今、フィリオは五日前に一度だけ来たことのあるヒュルケン将軍の屋敷の応接間に、一人ぽつんと座っていた。

道中、逃げないようにと隣に座った王子に聞いた話によると、ヒュルケン将軍の屋敷は、近所では森屋敷と呼ばれて誰も近づかないという。この屋敷に住み始めた二年前は将軍をひと目見ようと押し掛ける町民も多かったらしいのだが、外からも見えるくらい鬱蒼と茂る木々や時折聞こえる獣の声に、いつしか人は寄りつかなくなったらしい。

木々の中の屋敷なので、塀の外の音はよほど大きなものでない限り届くこともなく、なかなかに快適な屋敷なのだが、傍目から見た評価はそんなものだ。

そして、煩わしいのを嫌うベルには最高の環境でもあった。

「王子はどこかに行っちゃったし、いつまで待てばいいんだろ」

たった一つの荷物以外、身一つで屋敷にやって来た。

城から馬車に乗せられて直接連れて来られた屋敷に主はおらず、少ない使用人はいきなりの王子の来訪にあたふたするばかりで役に立たない。そんな彼らを尻目に、王子は腕を摑んだままフィリオの先をずんずん歩き、以前に通された応接間にフィリオ一人を置き去りにして、

「逃げるなよ」

と言い残し、あっという間に姿を消してしまった。

屋敷の中にまだいるのか、それとも城に戻ったのか、それすらもわからない。

途方に暮れていたフィリオだが、カタンという軽い音がして庭に面した窓を見ると、黒い獣が窓を開けて中に入って来るところだった。

「エメ」

匂いで最初からフィリオの存在に気づいていたのだろう、エメの方は特に身構えるでもなくしなやかに体を揺らしながらフィリオの傍へ来て、頭を膝に

擦《す》り寄せた。

「ええと、頭を撫でていい？」

挨拶されているのだろうかと尋ねると、エメはすっと目を細めて再び膝に頭を寄せた。

「いいってこと？　ありがとう。エメは一人で留守番？　ベルさんがいない時にもエメがいるなら心強いね」

犬や狼に似ているが、決してそうではない別の獣なのは二つの尾が示している。なんという獣なのかを調べる時間は五日もあれば十分だったのだが、生憎とその間に頭の中を占めていたのはベルとの出来事だけで、ここでエメに会うまですっかり忘れてしまっていた。

「犬でもないし、狼でもない。僕の知らない動物か、それとも幻獣かな。ベルさんに聞いたら教えてくれるかな」

知らないと言われれば自分で調べればいい。

「エメの毛は気持ちいいねえ。ベルさんは僕の髪も同じだって言うけど、どう思う？　僕はエメの方が上等で色も綺麗だから、絶対に一緒だとは思わないんだけど。エメに失礼だよね、僕の髪の毛と一緒にされたら」

フィリオは横に見える自分の銀髪を指で軽く引っ張った。クシアラータ国で一番多いのは銀髪で、灰色に近かったり白に近かったりと様々だ。他にも金や薄い茶色の髪もあるが、どちらも薄い色ばかりなので、ベルのように藍色などはっきりした色の髪は珍しい。インベルグ王子の赤毛も珍しいと言えば珍しいが、金髪が濃過ぎるせいで赤に見えるだけなので、クシアラータ国では色味としては普通の範疇《はんちゅう》に入っている。

動物はあまり構われるのが好きではないと聞くが、

エメはそんなことはないようで、大人しくフィリオの手が撫でるに任せている。

座っていても高さのあるエメは、膝の上に顎を乗せるのにも背中を丸めなければならない。

「僕が小さいからかな。ベルさんだったらちょうどいいんだろうけど。ごめんね、窮屈な姿勢になっちゃって。飽きたら遠慮なく好きなところに行ってしまっていいからね」

城から誘拐される勢いで連れられては来たものの、まだ昼を少し過ぎたばかりで日は高い。慌てて来たために城で食べようと持参していた籠もそのまま持って来てしまったが、これは食べてしまってもいいものだろうか。

「勝手に飲み物貰うのは駄目だよねえ」

薄々感じてはいたのだが、どうやら屋敷の中の使用人は通常貴族が雇うよりも遥かに少ない人数、はっきりと確認したわけではないが二人か三人、門番を含めたとしても多くて五人程度しかいないのではないだろうか。食事番と屋敷の保全維持には最低の人数だ。

「エメが警備担当？」

話し掛けられたエメは大きく尾を振っている。

「優秀な警備兵がいるからベルさんも安心して留守に出来るんだろうね。エメのお役目も大変だけど、ベルさんだけじゃ頼りないからよろしくね」

頼られて嬉しいのか、頼りないのか、それともはっきりと言葉を理解しているのか、エメはそれはもう嬉しそうに尾を振ると、

「わあっ」

軽い動作で立ち上がり、フィリオの膝の上に前脚を乗せて顔をペロリと舐めた。エメなりの歓迎を示すつもりなのか、舐めるだけでなく白銀の髪にも噛

みついて引っ張るなど好き放題。

「エメ、エメ、止めて、くすぐったいよ」

言葉では止めてというフィリオだが、本気で嫌がっているわけではない。ただ、椅子に座るフィリオと黒い獣とでは体格差はあってないようなもの。椅子の背を押し倒すようにしてご機嫌そのもののエメと、髪の毛がぐしゃぐしゃになると笑うフィリオの一匹と一人のじゃれ合いは床の上へと移動し、上機嫌から一転、血相変えて部屋に飛び込んで来たベルによって引き離されるまで、暫く続いた。


「あの、ごめんなさい。留守の間に寛ぎ過ぎちゃって」

恐縮して身を縮めるフィリオの前には腕組みして不機嫌なベル。ベルの横にはこちらも腕組みして座る王子。エメはフィリオの足元に寝そべって、我関せずの態度を貫いている。

（当事者なのに……）

フィリオから送られる恨みの視線はまったく気にしていない。

そしてもう一人、

「そんなに怖い顔をしていたらフィリオ様が何も言えなくなってしまいます。将軍だけじゃないですよ、王子も」

「俺もか？」

「王子の顔は怖い顔だって評判なんですから、いい加減自覚して行動してください」

「いい男の顔だろうが」

盆に四人分の茶を載せて運んで来たサイデリートは、フッと笑った。

「自分のことは自分じゃわからないってよく言いま

すけど、その通りですね」

「おい」

「フィリオ様、王子のことは気にしないでください。顔が怖いなら後ろを向かせるか、布でも被せますが、どうしますか？」

「いえ、大丈夫です。その、王子のお顔が怖いというのではないので。十分素敵だと思います」

最後の台詞は、王子の視線に脅迫されて付け加えたようなものだったのだが、乳兄弟との不毛な言い争いを回避させるためには役に立ったようだ。

「俺は？」

それに、

「ベルさんも勿論素敵ですよ」

対抗意識を持った男を宥めるのも忘れない。

（……気疲れしそう……）

この濃度の高さは一体何なのか。無関心を装っているエメの態度が一番賢い気がして来た。

「それでフィリオ様、本当によろしいんですか？ヒュルケン将軍との仮婚は。王子の我儘にお付き合いすることはないいんですよ」

「こらサイデリート、我儘なのは俺じゃなくてこいつだぞ。間違うな」

こいつと言って指差されたベルはフィリオをじっと見つめている。エメとじゃれ合っているのを引き離した時には嫉妬心を剝き出しにしていたが、今では大分落ち着いて来たらしい。本当はフィリオの隣に座りたかったようなのだが、話をするには真正面から目を見てした方が好感度が上がりますよ、とサイデリートに言われ、渋々ながら正面を陣取っている。

どうやら破談になった後のベルの落ち込み具合は相当酷かったようで、仕事にならなかったらしい。

その上、話を進めた王子には、

「嫁に出来なかった。嘘つき」

と不機嫌に接し、部下たちもどうしたものかと途方に暮れていたというのだ。

「問題ない。フィリオは俺の嫁」

それはもはや決定事項だとベルは言い切る。

「いいんです、サイデリートさん。仮婚を受けたのは僕で、そのことは納得していますから。それよりもサイデリートさんにまたご迷惑掛けてしまってごめんなさい」

アグネタとの仮婚の見届け人だったサイデリートは破談になったと同時にその任を下りていたのだが、今回改めて仮婚をやり直すに当たって、再び見届け人の役を国王一家から要請されたのだ。

「私のことはお気になさらず」

サイデリートはそう言うが、本当に振り回されているのはこの青年だとフィリオは思う。

「よろしくお願いします」

「公平無私な裁定をしますので、そこはご安心ください」

王子の乳兄弟だからといって王子に利があるような判断をすることはないと言外に示され、フィリオは小さく頭を下げた。

「ヒュルケン将軍もそのつもりでお願いします。王子も。私は見たままを伝えます。それが国の不利になろうとも王子の思うものと違ったとしても」

サイデリートはそう言うと、真っ直ぐ背筋を伸ばした。

「それでは本日からの十日間をウェルナード＝ヒュルケンとフィリオ＝キト＝ルキニの仮婚期間といたします」

「はい」

神妙に頷くフィリオと喜色を浮かべるベル。満足げなインベルグ王子。

こうして、フィリオの仮婚生活が始まった。


「――って、聞いてますか？　ベルさん」

簡単な夜食を一緒にした後、サイデリートと王子が城に戻った屋敷では、予想した通りベルに抱き着かれて困惑するフィリオがいた。

数少ない使用人だが、長年この将軍に仕えるだけあって手際もよく、主に何も言われないままに湯浴みの準備や寝室の用意まで整えてくれた。

生活を共にする人間が増えたことで不足する食材や備品などは、日が落ちる前に城から荷台に乗せて運ばれて来ている。つまるところ、フィリオが屋敷に到着する前には既にこれらの手配が済んでいたということで、仮婚を拒否するという選択肢は最初からなかったのと同じだ。

二回しか訪れたことのない屋敷に泊まる不自由は、何もないと言ってよい。ただ疑問なのは、

「どうして僕の部屋がないんですか？」

アグネタの時にはきちんと滞在中に利用する部屋が用意されていたはずなのだが。

そんな疑問を言葉に乗せたフィリオに、

「フィリオの部屋は俺と同じで問題ない」

家主はこともなげに言ってくれた。

「それはつまり、一緒に寝るってこと？」

一応の念押しも兼ねて確認すると、ベルは機嫌よく頷き、抱き締める腕に力を込めた。

「苦しいよ、ちょっと腕の力緩めて」

もぞもぞと腕の中で動くフィリオに、少しだけ緩む腕の力。

ほっとしたフィリオは、だがすぐに緩く首を振った。

(違う違う！　そうじゃなくて！)

言いたいのはそんなことではなく、今の体勢だ。

「寝台は大きいんだから、くっついて寝る必要はないと思うんだけど……って駄目？　ベルさん、寝苦しくないですか？」

そう、二人は今、一つの寝台の上に仲良く寝転がっているところなのだ。

風呂上がりでほこほこしたフィリオを待っていたのは、ベルの大きな腕で、その中にすっぽり収まったフィリオは気がつけば男と一緒に寝台の上にいた。広い寝台の真ん中に腕の中で抱き締められるようにして。

「何も一緒に寝る必要はないんですよ」

「嫁になれば一緒に寝るとインベルグに聞いた」

フィリオは額を押さえた。自分だけが理解していて言葉足らずのまま自己完結するベルと、気を回し過ぎて余計なことまでしてしまっている感が半端じゃなく漂う第三王子。今回の騒動の原因は、絶対にこの二人が一緒に考えたせいだ。国民の憧れ、三宝剣の実態を知って少し哀《かな》しさを覚えた。

「あのね、ベルさん。王子のこと悪く言いたくはないけど、あの王子の言うことは話半分に聞いた方がいいと思います」

十年という長い間クシアラータ国にいるというのに、世間知らずだと言われている自分よりも物知らずなのではないかと、疑いたくなるほどベルは素直で純粋だ。

「寝にくくないですか？」

「全然」

「……暑くない？」

「ぬくぬくして気持ちいい」

「そうですか……」

もはや出るのは溜息だけだ。

腕の中に囲われるようにして眠るのは、実父が戦死して泣いてばかりいた七つの頃、ルキニ侯爵に添い寝して貰ってからだから十年ぶりぐらいになる。

激しい戦で弟を失った悲しみに暮れる中、弟の忘れ形見を慰めなければならなかった侯爵には申し訳なかったと後になって思ったものだ。

ただ、本当に嬉しかったのだ。一人じゃないのだと伝えてくれるあの温もりは、優しさをたくさんフィリオに与えてくれた。

(ベルさんは寂しいのかな?)

小さな子供ではないフィリオだが、侯爵よりももっと大きなベルにとっては子供と同じなのかもしれない。

(小さな子供が人形を抱いて寝るのと同じだね)

大きな動物の人形を抱いて眠るヒュルケン将軍。

想像すると声に出して笑ってしまいそうで、慌てて頭の中から追い払い、再び意識を現実のベルに戻す。

トクントクンという鼓動が押し当てられた胸から聴こえる。少し速くて一定の間隔で響く心音は、意外なほど耳に優しく馴染んでいる。

規則的な音とひと肌の齎《もたら》す温もりは、次第にフィリオから意識を奪い去って行く。

(もう……駄目みたい……)

これ以上目を開けておくことが出来ず、そっと瞼を閉じた。決して腕の力を強めることなく、さりとて囲いを解くことなく、抱き潰してしまわないように、生まれたての雛《ひな》を大事に大事に羽の中に包むようにして、回された戦う男の腕。

（おやすみなさい、ベルさん）

心の中でそっと言い、フィリオは自然に誘われるまま眠りの海の中に身を沈めていった。

「おやすみ、フィリオ」

頭の上から降りて来た小さくて低い声を道連れに。


翌日からフィリオの森屋敷での生活が始まった。

といっても、一日を屋敷の中で過ごすだけで特に何かをしなければならない決まり事はない。仮婚は限られた有効時間内で互いの相性を見極めるための慣習で、特に明確な仕来たりのようなものは存在しないのだ。

仮婚の主家が男女どちらの場合でも、嫁入りする側、婿入りする側は仮婚の期間中は、日中をその家で過ごす。共に役職を持つ者同士の場合であっても、嫁いで来る側は休職が認められ、仮婚相手の住環境に慣れることが最優先される。

互いの生活基盤が違えば自ずと習慣も違ってくる。それは嫁いで来る側にとっては大きな障害になることも多く、成婚にならない原因の四割はこれに起因するという報告が、儀礼庁に多く存在する部署の一つ、王室典範局によって報告されている。

これら報告書の類は貴族たちには貴重な情報源として熟読を勧められるものの一つだ。家同士の婚姻や冠婚葬祭など最低限知っておかなくてはならない決まり事の他にも、国内外の情勢についても大まかに書かれ、王室典範局発行の広報誌や書物を読んでいるのといないのとでは貴族の間で格が変わるとまで囁かれているくらいだ。

世捨て人でほとんど城に参内しない貴族でも、これさえ読んでおけば城の様子はわかるという必読書でもある。それに加え、日々の雑事を知らせる広報誌もあり、目を通すべきものは多い。庶民には貴族は遊んでばかりとよく嫌味を言われるが、実際には空いた時間をどれだけ有効利用出来るかが、貴族が本物の貴族になるために求められるのだ。

これが出来ているかいないかは、日々の会話の中ですぐに判明する。知人ではないが無関係ではない相手の冠婚葬祭に後れを取れば、後ろ指を指されかねないのが貴族社会。それを跳ね除けるだけの精神的強さと実力、権力があれば世俗から離れて自分を貫くことも出来ようが、上級貴族であっても一度は貴族社会の洗礼から逃れられないのが普通だ。

下級貴族から国王一家のことまでを網羅する広報誌には、早ければ今日、遅くとも明日にはヒュルケン将軍の仮婚の報が載るだろう。破談になった時のことを考慮して掲載しないという意識は、貴族社会の中には存在しない。これは見届け人の存在と同様に、破談の公正さを外部にも見えるようにするという意味を持つ。つまり仮婚の期間は、双方共が不誠実な態度を取っていないか、多くの目に監視されているようなものだ。

窮屈ではあるのだが、いちいちそこを気にしていては貴族社会で生きていけない。インベルグ王子のすぐ上の姉王女は、フィリオでさえ顔を知っている国内有力貴族との仮婚期間の終了後、破談になったことがある。この時は互いに「何か違った」という円満破談ではあったのだが、国王一家ですら例外ではないのだ。王女よりももっと国民に馴染み深い将軍なら、大々的に取り上げられても不思議はない。

フィリオが参内しないのは、実はそこも関係している。

「何といっても将軍がやっと決めた結婚相手だ。注目の的だからな。たとえ仕来たりがなかったとしても、仮婚が終わるまでは敷地から一歩も出ない方が無難だぞ」

昨日、帰る間際に伝えられた王子の忠告には素直に従うつもりだ。——なお、この王子の発言にはこの時フィリオが考えていた以上の意味も含まれていたのだが、フィリオはまだ知らない——。

一緒に城に行きたいのだと、名残惜しそうな将軍の背中を押して出仕させたフィリオは、朝の間に屋敷の中を一通り見て回った。部屋数は実家よりも少ないが、一つの部屋が大きく、全体的に広く開放的なつくりになっていた。

姉が使うはずだった部屋の家具はそのまま残されており、綺麗に掃除されて塵《ちり》一つない部屋の窓から突き出す、一階の屋根を利用したバルコニーに出ると、敷地全体に広がる庭や森を見渡すことが出来た。

「眺めがいいなあ。ここでお茶やお菓子を食べたら楽しそう」

ゆったりと寛げる椅子を持ち込もうか。

それとも椅子とテーブルにしようか。

日除けがあれば、一日だってここで過ごせそうだ。

「あ、エメがいる」

見下ろした先の森に続く小径《こみち》に、長い尾が見えた。さっきまで屋敷内の見学に付き合ってくれたエメは、そのまま仔猫や仔犬を連れてふらりと外に出て行ったが、今度は単独でそのまま散歩に向かったらしい。

「もしかすると巡回かも」

帰って来た時に小さな猫か犬でも咥《くわ》えているかもしれないと想像すると楽しい。

ベルに教えて貰ったところによると、屋敷の中には現在二十数匹の犬や猫が住み着いているという。

他の屋敷で飼われている猫も入り込んでくるため、正確な数はわからないとのこと。最初の五匹は犬で、城で迷子になっていたのをベルが保護して連れ帰って来たらしいのだが、森屋敷から聞こえる犬の声にいつしか門の前に捨て犬や捨て猫が置かれるようになり、それらを屋敷の中に入れて世話しているうちに、ここまで大所帯になってしまったというのだ。

そして、屋敷内で小さな犬猫を世話しているのが、他ならぬエメだとも教えてくれた。ベルも使用人も一緒に世話をしているのだが、他にも仕事を抱えている身で一日中面倒を見るわけにはいかない。

そんな彼らを見兼ねたのか、それとも任せておけないと思ったのか、気がつけば小さな犬猫はエメについて回るようになっていたという。毛繕いをし、糞尿《ふんにょう》の世話をし、悪いことをすれば軽く噛んだり、唸《うな》ったりして、叱りながら躾《しつ》ける。まだ小さな生き物から見れば、エメは確かに守ってくれる頼もしい存在なのだろう。

長い尾が木陰に消えるのを見送って、フィリオは籠に入れて運んで来たパンにかぶりついた。

「ベルさん、ちゃんと食べてるかな」

この昼食についても今朝騒動があった。フィリオは城に上がらない。つまりは一緒に四阿で食事を取れないことに思い当たって、がっくりと項垂れたベルの姿といったら！　見て見ぬふりをしてくれる使用人たちは、本当によく出来た人々だと思う。短いものでも二年は森屋敷に住み込みで勤めているだけのことはあると、感心した。

自分に会うまでは他の人と他の場所で食べていたのだから今日も同じようにしてくださいと言い聞かせ、何とか城へ送り出したが、この調子では屋敷にいる間は毎朝同じやり取りが行われそうな気がする。

回避するにはベルの希望を叶《かな》えるしかなさそうで、

（明日には何か作って持たせた方がいいかも）

ベルを見送ったその足で厨房へ行き、明日の朝から参内するベルの昼食のために食事を作るよう頼んで来た。その時に、一品だけは自分が作るからと言った時には、断られるかもと思っていた。キト家の料理人は幼い頃から馴染んでいて多少の我儘は聞いてくれたが、他の貴族の家では滅多なことでは厨房に人を入らせることはない。貴族としての在《あ》り方、そして厨房の管理者として料理人の自尊心があるからだ。

極端なことを言えば、料理人がいなければ自分で食事を作ることが出来ない貴族は、余所《よそ》で食べるしかない。一見すると料理人の身分は低そうに見えるが、主を満足させる腕前を持つ料理人は、高額な給金で引き抜きが掛かるほどなのだ。

今回新しく屋敷に来た男はまさにそんな腕前を持つ料理人で、フィリオの頼みに一瞬眉を寄せたものの、それは自分の領域を侵害されると感じてのことではなく、料理が出来るのかという単純な疑問だったらしい。本当に簡単な焼き物しか出来ないから、下拵《したごしら》えはお願いしたいのだと正直に告げると、忙しい朝の時間ではあるが厨房の片隅を使うことを許可して貰えた。

このパリッシュと言う名の無口な料理人は、仮婚のためだけに雇い入れられたというのだから驚いた。さらにこのパリッシュ、王子の屋敷の料理人見習いだった男で、将軍の屋敷では料理人を置かずに下働きが交代で食事を作っていたと知ったサイデリートが、慌てて手配したという。

元からいた下働きの人たちが自分たちの仕事を取られて怒らないかと心配していたが、素人よりも玄人に任せた方がいいというのを、フィリオよりも彼らの方がよくわかっている。すんなりと厨房を新しい料理人に受け渡し、昨日の夜から早速彼の作った料理に舌鼓を打っていた。

ただし、パリッシュが作るのは人間用の料理だけだ。下働きやベルがしていた動物の餌の用意をフィリオが引き継いだのは流れとしては当然だった。普通に考えれば、将軍の嫁候補で、貴族の子息がする仕事ではないが、義兄が来るまでは家令としてやっていたフィリオにとって嫌悪する仕事には相当せず、屋敷に住む一人として当たり前のこととして受け入れた。

そうは言ってもすることは簡単だ。犬猫用の餌を器に入れておくだけで、後はエメが食事をさせてくれる。その餌も一般家庭のように残り物を与えるのでなく、犬猫用に調理された品が専門の業者から納品され、来た分を取り分けるだけなので、非常に楽だ。後は食器の片づけくらいで、これは別の下働きが担当だ。

「仮婚かあ」

昨日、第三王子から聞かされた話を思い出すと、溜息の一つや二つも出てくる。

「ベルさんは乗り気だけど、本当にこのまま結婚しちゃうのかな、僕」

ベルの意思が明らかな以上、本婚を前提とした仮婚を了承したのは自分だ。決して王子に脅されて怖かったのでも、権力に屈したのでもない。フィリオが考えていたのは自分のことではなく、ベルのことだった。

自分のことなのに、まだ今一つ実感を伴っていないのは、多少甘えが多くなったくらいで、ベルの側の態度にあまり変化が見られないからだ。

結婚に夢を見るのは男も女も同じだ。出来れば好きな人と一緒になりたいと願うものだ。

しかし、ベルを見ていると、一緒に住めることだけで満足して、結婚について深く考えていないような気がするのだ。

「ベルさんにとって僕って一体何なんだろ」

抱き着き抱き締められてもそれ以上を求めているようには思えない。

「僕だって少しは知識あるんだからね」

甘えて抱き着いて、片時も離したくない素振りを見せて——。

その先が見えないのだ。ベルの想いがどこにあるのかがまるで見えて来ない。これではフィリオは答えの出しようがない。一緒に布団の中に包《くる》まって眠っても、性的な触れ合いはない。ベルの欲求は、フィリオを腕の中に閉じ込めた時点で達成されているのだから。

「べ、別にそんなことされたいわけじゃないけど」

それでも少しは考えるものなのだ。特にフィリオの場合は、最近ではあまり見られなくなった男同士の婚姻だ。事前に男同士の婚姻の場合について調べるのは、自然な流れ。

だから少しは性的な接触があるかもしれないと考えていた。確かに仮婚の間の性交渉は禁じられているが、それは我慢しなさいという意味が大きい。したくても我慢しなさい、と。

なのにベルには性欲を持つという兆候すら見えなかった。男だから体の変化はすぐにわかる。自意識過剰かもしれないが、ベルが自分に性欲込みで好意を抱いていると思っていたフィリオは、自分でも驚いたことにがっかりしてしまったのだ。

「ベルさんは嫁にするって意味、わかってない気がする」

今のベルは子供と同じだ。フィリオと一緒にいられることを純粋に楽しんで喜んでいる。そのことは素直に嬉しく思うし、ベルらしいと思う。

ただ本婚を成立させるには何かが足りない。肉体的な欲求も、精神的な欲求も、どちらもが足りない。ベルにだけでなく、フィリオ自身にも。

このままの二人なら仮婚期間が終わっても、本婚は成立しないだろう。

本婚をしなくてはいけないほどの飢餓をどちらも抱いていないのだ。

見届け人のサイデリートは、そんな二人を見てどんな判断を下すだろうか。

「誓約するだけなら僕じゃなくてもいいいんだよね、たぶん。結婚して、クシアラータ国民になればいいいだけなんだから」


慌ただしい流れの中でフィリオは、インベルグ王子と父親から、ベルと逼迫《ひっぱく》した国の事情を教えられた。

ウェルナード＝ヒュルケンがクシアラータ国に来て十年が経過する。間に一つ小さな国を挟んだ向こうの友好国シスから、第一王女に婿入りする王子の護衛として共にやって来たのだ。

それからすぐに始まった戦の中で、ウェルナード少年はクシアラータ軍に混じって戦う中で剣技における才能を見せつけ、クシアラータの英雄と呼ばれるまでに成長する。英雄に見合うだけの地位と報酬を与えられ、将軍と呼ばれるようになった若者は、しかし厳密に言えばクシアラータ国民ではない。

本来なら夫となる王子を送り届けた後、帰国するはずだったのが開戦によって帰れなくなり、状況が落ち着くまではと慰留され、落ち着いてからは国の立て直しのために力を貸して欲しいと言われて残り、今に至る。

だが、その滞在期間も十年目の今年で終わる。既に母国では帰還を促す書状を送る準備が進められているらしい。

国籍を得ることなく十年を越えてはならない。

それはクシアラータ国の法律の一つだ。外国からの民を受け入れることに否定的というわけではなく、逆に好意的だからこそどんどん受け入れようという国策の表れだ。十年間はクシアラータで国民と同等の権利を与えられ、同じ庇護《ひご》を受けることが出来る。他国では例を見ないほど長い十年の間には、国を去るか残るかの結論が出るのが普通で、ほとんどの異国人はそのままクシアラータ国籍を取得する道を選んだ。いや、選ぶまでもなく自然にそうなっていくのだ。

クシアラータ国の民と結婚すれば、その場でクシアラータ国籍を取得する。たったそれだけのこと。

もしも十年経っても国籍を取得しない場合は、国外への強制退去、この場合は母国への強制送還という措置を取られてしまう。

ウェルナード＝ヒュルケン将軍は、まさにその十年目を迎える一人なのだ。同じ時に同じようにやって来た護衛の兵士たちはもっと早い時期にクシアラータに残ることを選んだ。戦死したものもいれば、結婚したものもいる。帰国したいと望むものは、十年目を待つことなく帰国している。

そうして残った一人がベルだった。

これは国王にとっても誤算だった。相手は若く有望な男。もっと早い時点で誰かが婿に迎え入れるなりして、完全にクシアラータの民となるはずだった。

ところが周囲が呆れるほど、生真面目な彼に浮ついた噂は一つとして存在せず、数多の家が縁談を持ち掛けても興味を示さず、それならそれでまだ猶予はあると悠長に構えていたのが悪かったのか、いつの間にか期限が目前に迫っていた。

それは大変と国王側が慌てたのは当然だ。

そうしてベルの狭い交友関係の中で最も適していると思われた第三王子に、自国の命運を懸けて将軍を結婚させるよう命じたのである。

第三王子がぼやくのも無理はない。

「もっと余裕を持って計画してくれ」

と。

ベルにとっては実に大きなお世話であるが、国にとっては将軍の去就と国力が懸かった一大事。

その結果が今の仮婚で、フィリオがこの屋敷にいる理由だ。

「僕は、どうしたらいいんだろうね」


仮婚を言われた時に断らなかったのは自分だ。保護者のルキニ侯爵がいる場所で断ったなら、いくら王子でもフィリオの意思を無視してまで連れ去ることはなかっただろう。そして侯爵も、強硬に反対する姿勢は見せなかった。

深く考えたくはないが、そのことが答えを導く一つの鍵になりそうな気がする。

どうしたものかと、他人から見ればのんびりと寛いでいるようにしか見えない楽な格好で食事片手に考えていたフィリオは、

「何か音がする」

森の向こうから微かに聞こえる音に、はっと背もたれから体を起こし、表側まで続いているバルコニーを玄関の真上まで移動して手摺に寄り掛かると門の方を見た。二階に相当する高さから全体を眺めることは出来ないが、地面の上からよりは様子も窺い

やすい。

じっと身を乗り出すようにして見ていると、開かれた門の中に駆け込んでくる馬が一頭。

「急使!?」

フィリオは慌てて身を翻し、バルコニーから部屋に戻り、階下へ駆け下りた。

(誰に何かあった？　ベルさん？　それとも父上？)

それとも姉や兄、妹たちだろうか？

ドキドキと高鳴る胸を押さえながら、行儀悪く大きな音を立てて玄関の扉を開けて飛び出したフィリオは、

「……ベルさん？」

ちょうど階段の下の車寄せに停まった白い馬に乗る人に、桃色の目を大きく見開いた。

「フィリオ」

ひらりと軽やかな動作で馬から降りたベルは、その長い脚を使って一気に階段を上ると、驚いたままのフィリオを抱き締めた。

「ベルさん……どうして戻って来たの？　まだ仕事中でしょう？　それとも何かあったの？　怪我した？　それとも病気？」

主の帰宅を聞き付けたエメも植え込みの隙間から姿を見せ、尾を振りながら首を傾げて見上げている。

「会いたかった」

「え？」

「フィリオに会いたかったから帰って来た」

「……ベルさん？」

ちょっと待ってと力を込めてベルの胸を押し、少し離れたところから頭一つより上にある男の顔を見上げる。

「確認させてください。まず、ベルさんを含めて父上や姉上たちに何かあったっていうわけじゃないん

ですね？　国の一大事でもないんですね？　それでベルさんが戻って来たのは僕に会いたかったからで合ってますか？」

「今は休憩中。だから問題ない」

だから食事を一緒に取るために屋敷に戻って来たのだと胸を張って言うベルに、フィリオはきりりと眉を吊り上げた。

「ウェルナード＝ヒュルケン将軍！」

大きな声にベルがびくりと体を揺らす。

「フィリオ……怒ってるのか？」

「当たり前です！　あなたは、一体自分を何だと思ってるんですか！　将軍ですよ？　クシアラータ国に一人しかいない将軍、事実上の軍の最高責任者。それが僕に会いたいから戻って来た？　ベルさん」

「……」

「しょんぼりしてもダメです。恨みがましい目で見ても無駄です。早くお城に戻りなさい」

腰に手を当てぷんぷんと怒るフィリオに、ベルの全身が嫌だと告げている。

「黙って出て来たんでしょう？」

逸らされた視線が答えである。

「あのね、よく聞いてくださいね。もしも今この瞬間に、大きな事件が起こったらどうするんですか。将軍が指揮しなきゃいけないことが起こったらどうするんですか」

「インベルグと隊長がいる」

「王子ですか？　隊長が誰のことかわからないけど、王子には王子の役目があるでしょう？　いくら王子がとっても優秀で出来る人でもベルさんの分まで抱え込んだら、倒れてしまいますよ？」

誰かに替わって貰えるものと貰えないものがある。だからいくら気心の知れた王子でも、安易に人を頼っては駄目だと諭したフィリオなのだが、ベルはフィリオの別の言葉に反応した。

「俺は優秀で出来る人じゃないのか？　フィリオはインベルグの方がいいのか？」

「ちょっと、ちょっと待ってよ、ベルさん。誰もそんなこと言ってないでしょう？」

「言った。インベルグが優秀で出来る人だと言った」

「それは言ったけど、ベルさんのことは別に言ってないじゃないですか。劣っているとか、負けているとかも言ってないですよ。それに、ベルさんだって王子のことをそう思ってるからここに来たんでしょう？　違う？」

どうやらフィリオが王子を褒めたことが気に入らないらしい。ベルは不機嫌に目を細めた。

しかしフィリオは負けずに言い返す。

「自分の仕事に責任持てない人より、ちゃんとしている人の方が評価が高いのは当たり前です」

将軍相手に言い過ぎかなとは思ったが、ここで甘い顔をすればこれから先もずっと同じことを繰り返すだろう。

（それは駄目なんだよ、ベルさん）

人徳はあるのかないのか知らないが、若くして将軍にまで上り詰めたヒュルケン将軍を快く思う人ばかりではないだろう。今まで不満が出なかったのは、彼が国王に忠誠を誓い、職務に忠実だったからに他ならない。

そうやって築いて来た信頼をフィリオ一人のために壊してしまうのは、絶対にしてはならないことだった。

「ベルさんは浮かれているだけ。もうちょっと落ち着いたら、きっとどっちが大事かわかるからそれまでは今まで通りにきちんと仕事をしよう？」

「――何が悪かった？」

不満はありながらも我を通さず、一応はフィリオの話を聞く気になったようで胸を撫で下ろす。

「黙って城を出て来たこと。もしも、誰かにちゃんと家に帰るって言って、それでいいよって言われたら僕も何も言わないよ。でもそうじゃないでしょう、今日は」

「言って来たらよかったのか？」

「あんまり勧められはしないけど、居場所を探さないで済むだけまだましかなとは思う」

「わかった。明日からはそうする」

フィリオは空を見上げた。青い空がとても美しい。

こんなことなら、昼時に合わせて食事を届けるために自分が城に上がる方が楽なような気がする。だが四阿で食事をしていた時でもベルが姿を見せる時間はバラバラで、慌てて惣菜《そうざい》だけを口の中に詰め込んで慌ただしく別れたこともある。あの時も、フィリオがいるからと無理をして来ていたんだなと、今になって気づいてしまった。

「まだ怒ってる？」

「――もう怒ってません」

明らかにほっとしたのがわかるほど、ベルは大きな息を吐き出した。

許して貰えてよかったと喜ぶ顔を見てしまえば、怒りなぞ持続出来ようはずもない。よく見れば、ベルの額に汗が光っている。

「そんなに急いで帰って来なくてもいいのに」

触れた額はとても熱く感じられた。

「早く帰ればその分長くいれるから」

「途中で会った人に変な顔されなかった？」

「覚えていない」

「城に戻る時に会ったら、びっくりさせてごめんなさいって謝ってくださいね。将軍が早駆けするなんて、驚かないはずがないもの。今頃お城に人が押し寄せてるかもしれないよ。何かあったんじゃないかって、僕も驚いたんだから」

「ごめん……」

「ねえベルさん」

フィリオは手を伸ばし、背伸びをしてベルの頭を撫でた。

「たくさん覚えましょう。今まで知らなかったことも全部。ベルさんも僕に教えてください。二人して覚えていけば、きっとなんでも出来るようになりますよ。一人で戻れますよね？」

「わかった」

ベルはくるりと背を向けた。馬はまだ駆けて来たままエメの隣で大人しくしている。これから城に戻れば、仮に何かあったとしても大きな問題にはならないだろう。

「ベルさん」

そのまま行かせるつもりだったフィリオだが、ふと思い出してベルの背中を呼び止めた。

「少しだけ待ってて貰えますか？　ご飯、まだでしょう？　持って来るから待ってて」

フィリオはバルコニーへ行き、置きっ放しのままだった籠を抱えた。ぼんやりしながら食べていたせいで、まだほとんど手つかずの状態だ。

「飲み物入れる水筒ありますか？」

それから厨房に寄り、賄い食を食べていた料理人に水筒の場所を聞いて新鮮な水を入れ、一緒に籠の中に詰め込んだ。

それをそのまま、馬に跨《また》がって待っていたベルに差し出す。

「はい。お昼ご飯。一緒には食べられないけど、今

日はこれで我慢して。水筒に水も入れてあるから

——わっ」

籠の中身を説明していたフィリオは、馬の上から伸びて来た腕に抱え上げられ、悲鳴を上げた。軍人の鍛え上げられた膂力《りょりょく》を発揮し、それなりに重さのあるフィリオを軽々と抱き上げて自分の前に座らせたベルは、そのまま馬を門に向かって歩かせた。

「僕は城に行きませんよ。敷地から出ない方がいいって言われてるし」

「わかってる。だから門まで」

「……それで門から家まで歩いて戻れって言うんですか？」

指摘され、

「あ」

と口を開けたベルの顔に、フィリオはくすくす笑った。

「も、戻る」

慌てて馬の首を返そうとしたベルの手を止め、すっと後ろに座るベルの胸に寄り掛かる。

「屋敷の中を歩くだけだから平気。ベルさんには見慣れた場所だけど、僕には初めてのところだからお昼から歩き回ってみようかなって思っていたところだから、門まで連れて行って貰えるのは都合いいかも」

「本当に？」

「本当に。門からこうぐるっと塀に沿って回ってみようと思ってたんです」

「長いぞ」

「ん、大丈夫。疲れたら休むから。それにエメもついて来てくれるみたいだし」

馬の後ろからは、軽快な足取りでエメがついて来ている。フィリオと一緒に見送りをするつもりのよ

うだ。

「そうか」

「うん。エメは賢くて気遣いが上手だよね。仔猫や仔犬の世話もちゃんと出来てて、感心しちゃいました」

「エメは強くて何でも出来る。俺の自慢」

本当に誇らしげに後ろを振り返る男に、漆黒の獣は「前を見ろ」と言うように一声吠《ほ》えた。

「ベルさん、エメに叱られちゃったね」

「……格好悪い……」

がっくりと項垂れる姿には、あははと笑い声も飛び出してくる。

「そうそう、それでねベルさん、籠の中身なんだけど――」

本当に短い距離ではあったが、会話をしながらの小さな木立の中の道行は思ったよりも楽しかった。


「フィリオ、帰ったら」

「一緒にご飯食べましょうね。気をつけて帰って来てください」

伸ばされた手は髪の毛を何度も何度も撫で、それから名残惜しそうに後ろを振り返りながら、ベルは城に向かって駆け出した。

門番が門を閉めてから、フィリオはウーンと空に向かって大きく伸びをして、寄り添うエメに話し掛けた。

「庭の案内を頼める？」

青い瞳をぱちりと瞬きさせたエメは、ついておいでというようにひらりと銀を散らして長い尾を振った。誘われるまま木立の中に足を踏み入れたフィリオは、帰宅したベルに話せるような何かがあればいいなと思いながら、うきうきとエメの後をついて行った。

その後、夕方少し前にサイデリートが様子を見に来た。十日のうちの最初の三日が過ぎるまでが第一段階で、これを上手に乗り越えることが出来ずに三日で終わりを迎える仮婚もあるという。

「ヒュルケン将軍は実質お一人でお住まいですから、特に問題になるようなことがあるとは思えませんが、何かありましたら私か王子に直接ご連絡ください」

そう言って渡されたのは、紐付きの小さな金色の丸い球だ。首に掛けてもよし、手首に巻きつけてもよし。うっすらと表面に刻まれた模様が王族への面会を許可する印だという。

「無理はなさらないでください」

「はい。心配していただいてありがとうございます。暮らしには特に不便なことはないし、実家にいるよりも気楽にさせて貰ってるくらいなんですよ」

家族の人数が多く、騒々しいキト家で育ったフィリオには、賑《にぎ》やかな声が少ないのはちょっと物寂しいが、元々が静かに過ごすことを好む性質なので、街の中にありながら郊外にいる気分を味わえる森屋敷での生活は、かなり自分に合っているのではと思っている。

「人がいないということは、無体なことをされても公にならないということでもあります。門番はいても、知らない人が訪ねて来てもフィリオ様自身で応対することは避けてください。こればかりは用心に用心を重ねるくらいでちょうどよいのです。気をつけることだけは怠らないでください。もしフィリオ様に何かあれば、将軍がどうなるか私には予想もつきません」

フィリオも同感だ。

勇壮で武術に優れた男だとは以前から聞いて知っているが、実際に目にしたベルはどこにもそんな要素はない。戦うだけが仕事ではなく、書類仕事もしているのだろうとは思うのだが、今一つ、英雄という言葉と結び付けられないでいた。

本気で怒った時にどうなるのか。

それはまだ知らない。しかし、サイデリートはぼかした表現をしたが、フィリオに何かあればベルが怒り狂うだろうことは容易に想像出来る。

本気になる原因を自分が作ってしまうのは論外だ。国の平和のためにもベルにはいつだって、どこか自分に甘える姿だけを見せて欲しい。

フィリオは神妙に頷いた。

「十分気をつけるようにします。あの、それとは別に城の方でベルさんが何か言われたりしてることはありませんか？」

ああ、とサイデリートの顔に浮かんだのは微苦笑だ。

「王子に聞いた話ですが、上機嫌だったと。ヒュルケン将軍にお食事を持たせたのですよね」

どうしてそれをと驚いたフィリオに、

「将軍を探していたインベルグ王子が見つけた時、お食事をなさっていたそうで。フィリオ様に貰ったと、それはもう嬉しそうに仰ったとか」

「……残り物を詰め込んだだけなんです。王子に見られたなんて恥ずかしい……」

その話には続きがあって、第三王子はフィリオの手作りだと勘違いしたらしく、つまみ食いをしようとしたそうだ。その手を払い除けた将軍と二人、籠の中身を奪い合う小競り合いが発生し、聖王親衛隊長が駆け付けて仲裁に入るまで続いたという。

「王子にあげてしまってもよかったのに」

「子供なんですよ、二人とも」

サイデリートはさらりと言った。あの第三王子ならそんなことは日常茶飯事なのかもしれない。

「騒ぎといえばそれくらいですね。フィリオ様が気になさっているのは仮婚の話がどういう風に受け止められているかでしょう？」

「はい」

「これに関しては、国王陛下の承認もいただいていますから、問題になることはないのです」

国王の耳に届く前ならやろうと思えば潰せた話だが、元々が国王主体で進められた婚姻だ。仮婚とそれに続く結婚については、今のところ表立っては誰も反対の声を上げてはいないらしい。

「相手が僕だというのは？」

「広報誌には既に掲載済みですから、読んでいる方はご存知でしょう。伏せるのは却ってやましさがあると言うようなものですからね、堂々としていた方がよいのですよ。将軍がご自身で口外して回るようなことはないと思います」

サイデリートはくすりと笑った。

「あの方は、フィリオ様を隠しておきたくて仕方がないのです」

自分の嫁になる相手として広報誌に載って大々的に宣伝されたのは嬉しいが、フィリオが注目されるのは嫌らしい。

（ベルさんらしい）

相反する感情が同居しているせいで、むっつり不機嫌なベルの顔もすぐに浮かんでくる。

「でも僕でいいんでしょうか？　男なのに」

このまま静かに仮婚期間が終わればひとまずは安心なのだが、不満を持たれないかはどうしても気になってしまう。

「ヒュルケン家が由緒正しく歴史ある名家であれば跡継ぎは必要かもしれませんが、そういう意味での跡継ぎを求められることはないので、心配は無用です」

フィリオ自身も二番目の息子で、侯爵家の方はフィリオの従兄《いとこ》が次代というのは既に決まっているし、キト家は姉が家長として据えられているため気楽と言えば気楽な身分ではある。

「今のところは概《おおむ》ね好意的に見ていただけているようです。将軍の人徳でしょう」

「僕はよく知らないのだけど、ベルさんはお城ではきちんと働いているんですか？　その、ちゃんと必要なことを喋って、連絡を伝えたり、指示したり」

「私もそう詳しくはないですが、王子の話を聞いた限りでは問題になることはないようです」

将軍のすぐ下にいるのは三名の副将で、彼らが軍事的な実務を分担し、補佐が事務関係を処理したり束ねたりする役目を持つ。その下に実戦部隊となる兵士がいて、町の治安維持を担当しているのが彼等だ。アグネタなど前線に出ない事務方の文官は、まず表に出ることがなく、いわば裏方として軍人たちを支える役目を持っている。

「じゃあベルさんがあまり喋らなくてもちゃんと出来てるんですね」

「皆さんよく出来た方らしいですよ。王子が面白くなさそうに言っていますから」

王子の面白くないは、真面目だということの裏返しだそうで、それなら安心だ。

「仕事をしているベルさんの姿が全然想像出来なくて……。でもベルさんが忙しくない方がいいとも思ってしまうんです」

ベルが――軍人が一番活躍し、最も忙しいのは、戦が始まった時だ。平和な時には戦いに出掛けることもなく、命を懸けて戦うこともない。雄姿は見てみたいと思うが、戦に行って欲しくはない。国のことを考えれば我儘なのかもしれないが、実父を戦で失っているフィリオには、出来るだけ離れたところにあって欲しい世界なのだ。

「強いてあげるとすれば、女性たちが悔しがっていることだと思いますが、こればかりは気にしてもしょうがないので無視するのが一番です」

「ああ……それはわかる気がします」

結婚相手を探している妙齢の女性たちにとっては、将軍ほどよい相手はいない。縁談を持ちかけられたアグネタが歓喜したように、難攻不落の将軍と縁を持ちたいと望むものは多いのだ。寧ろ、よくもまあ今まで無事に独り身でいられたものだと、感心する。

「表だって今回の仮婚に反対する声は出ていませんが、女性の嫉妬は怖いですからね。こちらも気をつけておくに越したことはないでしょう」

「はい。すみませんサイデリートさん。何から何までお世話して貰って」

正直、フィリオに出来るのは屋敷の中にちんまりと納まって、大人しく仮婚期間が終わるのを待つことだけだ。それ以外のことに対処するには経験も処世術も足りない。

「ベルさんは大丈夫でしょうか？　その、何かされたりとか……」

「身体的な心配はするだけ無駄です。仕掛けた相手が瞬殺されるだけです」

「そんなに強いんですか？」

「強いんですよ。国の英雄ですから」

つまり安心していいということだ。それに、武力以外のことも平気なのだと言う。

「ベルさん、口下手でしょう？　口喧嘩《げんか》したら絶対勝てそうにないと思うんですが」

「そんなに口下手ですかね？　寡黙で無口だとは思いますが。話している場面には何度も立ち会ったことがありますが、流暢《りゅうちょう》に話してましたよ？」

「――は？」

思わず目が点になる。

嘘だろう。

最初に思ったのがそれだった。

「いいえ、本当ですって。軍議でもそれなりに話しているそうなので、そこまで話さない方ではないかと」

無駄口を叩かない分、確かに寡黙ではあるのだろうが、普段はそこまでではなく、フィリオがベルに対して抱いている印象の方が不思議なのだと、サイデリートは言う。

「そりゃあ軍議で話が出来なきゃ軍議にならないだろうけど」

それにしてもペラペラと喋るベルの姿は想像出来ない。それとも、必要な時に喋らなければならない分、日頃はあまり口を開かないのだろうか。

話し相手がインベルグ王子くらいしかいないのなら、王子は勝手に喋って勝手に判断して、適当に話を汲《く》んでくれそうだ。多くを語らなくても周囲に汲み取って貰えるのなら、たくさん言葉にする必要はないと思っているのかもしれない。

「まだまだ時間はたっぷりあります。将軍がどのような方なのか、これから先も共に暮らすことが出来る方なのか、ゆっくりと決めてください。王子は絶対に結婚させると息巻いていますけど、これぱっかりは本人次第ですからねえ。ただ私としてはとてもよいお話だと思っていますよ。フィリオ様にもヒュルケン将軍にとっても」

そうだろうか。傍からはそう見えるのだろうか？

（もしそうなら――嬉しいな）

1－5

そろそろベルと二人で今後どうするつもりなのか話しておいた方がよさそうだと考えながら、上機嫌なベルを見ていると切り出すことが出来ない。そんな生活を送るうち、仮婚期間も残すところあと三日となった時、その事件は起こった。

「――また手紙？」

ベル宛ての手紙や封書の整理をしていたフィリオは、自分宛てに届いた手紙を開封し、文面に目を通して顔を曇らせた。

「ヒュルケン将軍との結婚を撤回しろ……か」

国の英雄にはフィリオは相応しくないと思ってのことか、それとも自分の方がと思う誰かが届けさせたのか。

「歓迎してくれない人がいるってことだよね」

これまでは何事もなく穏やかに過ぎていた。時々ベルが甘え過ぎることがあり、叱る場面も増えて来た。すぐに謝る姿に笑うことも多くなった。

「どうしよう」

一通だけならまだしも、実はこのようなものが届いたのは初めてではない。ベルやサイデリートには伝えていないが仮婚の三日後にはもう、破談を促す手紙は届けられていたのだ。内容は似たようなもので「英雄には相応しくない」「男が嫁になるのは許せない」など、フィリオ自身への中傷のようなもので、問題にするほどのことはないと受け流して来た。

しかし、今回の文章にはまだ続きがあった。

仮婚が終わるまでに破談を表明しないと実力行使に出ると、明確な悪意が記されていたのである。

「冗談だったらいいんだけど……」

そうしてその場はとりあえず様子を見ようという

ことにしたフィリオだが、相手が本気だと知るのは当日の夜のことだった。

その日、ベルは夜勤だった。仮婚中に設けられた夜勤はベルには不満だったようで、夕方からの登城に備え昼前に戻って来て屋敷で寛ぎながらも、不機嫌を隠そうともしなかった。

「一晩一緒に寝られないくらいいいじゃないですか。その代わりに今こうやって一緒にいられるんだから、我慢我慢」

「フィリオも連れて行きたい」

「仕事でしょう？」

「夜の城は綺麗だぞ」

「誘惑してもダメです」

決定事項として「連れて行く」と言わないところは進歩とは思うのだが、いつまで経っても離れたがらない癖は直りそうにない。

「一晩だけなんだから。その代わり、明日はずっと一緒にいられますよ。ベルさんが帰って来るのはお昼前？　だったらお昼の用意して待ってるから、一緒に庭で食べましょう。それから、眠くなったら昼寝して、起きたらエメと一緒に散歩して、夜はパリッシュさんが作った美味しいご飯を食べて」

「一緒に風呂に入って一緒に寝る」

「そうそう。あんまり昼間に一緒にいたことないから楽しみなんだけど、ベルさんは違う？」

「そんなことはない。俺も楽しみだ」

「だったら夜勤も頑張ってください。そのために、今は眠っておいた方がいいですよ」

「膝枕」

「はいはい」

柔らかい椅子に座ってベルの頭を膝の上にして過ごすのも、慣れてしまった。

数日前、様子を見るため、夜の早い時間帯に森屋敷にやって来た第三王子がこの光景を目撃した時――ベルが膝を枕に寝ていたので出迎えのために立ち上がることが出来なかったのだ――には、目と口を極限まで開いたまま暫く動けなくなるほどの衝撃を与えてしまった。復活した後には豪快に笑われ、邪魔されたベルは不機嫌になるし大変だったのだ。

仲睦《むつ》まじい二人の様子にインベルグ王子は、

「これでクシアラータも安泰だ」

自己完結して満足していた。

そんなベルだから同じ部屋にいる時にはフィリオの傍を離れない。屋敷の中を移動する時にも、後ろにぴったりとついて来る。最初は雛鳥のような主の姿に驚いた使用人たちも、「うちのご主人様だから」とよくわからない理由で納得したようだ。

ベルの髪は指の長さもないくらい短いが、サラリと指通りよい髪質はエメの毛と同じくらい触り心地がよかった。無頓着のように見えるベルが髪の手入れにまで気を配っているとは失礼ながら考えられず、元々の髪質がよいということだろう。くるんくるんと跳ねる癖毛のフィリオには、羨ましい。

「明日のお昼は何を食べたいですか？」

「鶏肉を揚げたの。この間の、豆が一緒にくっついてるやつ」

「お口に合いましたか。あれ、美味しかったですもんね。パリッシュさんの故郷の郷土料理なんだそうです。もしよかったら、これから少しずついろんな食事を出してみたいって言ってたけど、いいですか？」

「美味しいのならいい」

「わかりました。野菜をたっぷり入れたのをお願いしておきます」

「じゃあ俺は肉を食べる。フィリオが野菜担当」

「それが許されると思ってるんですか？」

「――――ごめんなさい」

「苦手な野菜も少しずつ食べるようにしましょうね。肉で包んでたら平気でしょ」

「フィリオが食べさせてくれるなら食べられそうな気がする」

「僕が食べさせて食べられそうなら、そんなことしなくても食べられるはずです。ちょっとだけね？」

「仕方ない」

フィリオはベルの頬を軽く抓った。

「何が仕方ないですか。僕、仮婚があってよかったって思うんですよ。そうじゃなかったら、ベルさんの食生活がここまで酷いなんてわからなかったから」

肉類が好きと言っているが、食べることに執着も何もないベルは、それまでただ出された食事を淡々と食べるだけだったと、使用人に聞いた。ただ、野菜は残される率が高かったため、早々と肉主体の料理に切り替えられていたとか。専門の料理人ではないので凝った食事を作れるはずもなく、主に食事をさせるにはそれが精一杯の手段だったらしい。

同僚と食事に出掛けることもほとんどなかったようで、たまに王子に無理矢理食事に連れて行かれることが月に数回あるくらいだったとか。今はパリッシュという専任の料理人がいるおかげで厨房を任せることが出来て、使用人たちは肩の荷が下りたと思っていることだろう。

パリッシュとフィリオ監修のもと、森屋敷の食生活は大幅な改善が行われた。甘いデザートが出るようになったのも、フィリオとパリッシュが来てからだ。

「今度、インベルグ王子やサイデリートさんと一緒にお食事しましょうか。もしよかったら父上も招待していい？」

恐《おそ》らくその日は仮婚の最後の日になるだろう。

そこで二人の今後に答えを出すのだ。

「侯爵は歓迎する。でもインベルグは喧《やかま》しいからいらない」

「友達なんだからそんな言い方しなくても……。賑やかでいいじゃないですか。たまには」

目を瞑《つぶ》ったまま顰め面をしたベルの顔がおかしくて、フィリオは笑った。

「ほら、もう眠って。行く前には起こしてあげるから」

「ん」

「膝枕してるから、夜の食事はパリッシュさんにお任せになるけどそれでいい？」

屋敷で食事を取るにはまだ早い時刻に城に向かうため、ベルには食事を持たせることを決めていた。中身が料理人が作ったものであれ、フィリオが「食べてくださいね」と言って持たせた食事にはきちんと手をつける男だ。食べる暇がなくても、つまみ食いが出来るよう個別に分けて包装しておけば朝まで胃袋が空になることはないはずだ。

途中フィリオも一緒になってうとうとしながら過ごし、日が暮れる前に城へ向かうベルを見送るために外に出る。

屋敷にいる時には、上からすっぽりと被る形の薄いシャツに緩めのズボンだけという軽装の男は、階級章や記章が多くつけられた踝《くるぶし》まである長い上着を着て、剣帯をし、軍靴を履いてマントを羽織れば、ウェルナード＝ヒュルケン将軍に変わる。少し乱れた前髪を整えてやり、フィリオは満足そうに頷いた。

「行ってらっしゃい」

名残惜しそうなのはいつものこと。

いつもと違ったのは——。

フィリオは腕を伸ばしてベルの顔を引き寄せ、頬に軽く唇を当てた。

「続きはまた明日」

言うとフィリオはひらりと身を返し、階段を駆け上った。

「ベルさん、行ってらっしゃい！」

大きく手を振ると、頬に手を当ててぼうっとしていた男はハッとしたように顔を上げ、フィリオに向かって笑った。

そして、

「明日は待たない」

普段のどこか甘えた様子から一変、大人の男の顔になったベルはそう宣言し、門に向かって歩き出した。


いつもなら「一人で城に行きたくない」「一緒に連れて行きたい」と無言で訴えかけている背中だが、今日は違う。

——明日は待たない。

背中が森の道に消えてしまうのをじっと見送りながら、フィリオはぎゅっと拳を握り締めた。

頬に口づける気など最初はなかった。ただ、何となくそうした方がいいような気がして、自然に動いてしまった手と口。

頬に触れた瞬間に我に返って恥ずかしくなり、慌てて離れてしまったが、今もまだ鼓動は速いまま止まらない。瞳はもしや潤んではいないだろうか？

それとも顔が変ではないだろうか。

いやそれよりも。

（明日……）

明日には二人の関係は何か変わるのだろうか。

その夜はフィリオにとって忘れられない夜の一つになった。

仮婚期間に入って初めて一人で眠る広い寝室はどこか寂しく感じられ、なかなか寝付くことが出来ないでいた。今頃ベルはどうしているか、眠くないだろうか、食事はちゃんと食べただろうか、他の人と仲良くやっているだろうか、危険なことはないのだろうかなど、次から次に浮かんで来ては眠りを妨げるのだ。

「眠れない……」

何度寝返りを打ったことか。

寝返りを打つこと自体が久しぶりで、それもまた妙な気分に拍車を掛ける。森屋敷に来てからはずっとベルに抱き締められて眠り、朝までその体勢のまでいる場合がほとんどで、自分がこんなにも寝相がよかったのかと感心するくらいだったのだ。

それが今は一人。

「うー……慣れってこわい……」

恐るべしベルの癒し魔法だ。害意を持たない獣ほど安心出来る寝具はないということか。

早くに眠ろうと思うのに眠れないまま、ようやく浅い眠りに入りかけ、うとうとし始めた時、

「ウオォーン!!」

夜を裂くほど大きな獣の吠え声が屋敷の外から聞こえた。

「――エメッ!?」

今のはエメの声ではなかっただろうか?

フィリオは慌てて飛び起きた。

眠る前には寝台の足元にいたはずのエメの姿は、

今は部屋の中のどこにもなく、庭に続く窓が開け放たれたままになっている。

「エメ！　エメ、どこ⁉」

寝巻の上に上着だけ羽織ってフィリオは庭に駆け下りた。生憎と月は雲で隠れ、星の輝きも見られず、庭は暗闇に包まれている。庭の灯籠には火が入っているが、森の方は真っ暗だ。

「エメ！」

動物たちが眠る場所にしている部屋を覗いてみたが、そこにもエメの姿は見られない。ただ、養い親の声を聞いたからか、全部が起きてそわそわと落ち着きなく動き回っている。

「大丈夫、すぐにエメを見つけてくるから」

尾を丸め、胸元に潜り込みたいとクンクン鼻先をくっつけて来る二匹の仔犬を抱き上げ、フィリオは森の方へ目を凝らした。しかし、乱立する木々は暗闇を作り出し、奥の様子まで窺うことが出来ない。

深夜に響いた遠吠えに気づいた使用人たちも何事かと起き出して来て、不安そうに闇の中を窺っている。何人かがランタンに明かりを入れ、そっと庭に向けてみるが目立って見えるものはなかった。

「僕が様子を見て来ますから、この子たちをお願いします。怯えているようなので」

外に出さないようにと念を押してフィリオは二階に駆け上がった。バルコニーからならもっとよく見えるに違いない、と。

そうしてバルコニーに出てフィリオが見たものは、表側に広がる森の外れに見える赤い炎だった。

「火事ッ⁉」

ちらりちらりと舞う赤い火の粉。風に乗って焦げた煙の臭いも流れて来る。聴覚、視覚、嗅覚と五感のうちの三つが伝えているもの。それに気づいた時、フィリオは自分の顔から血の気が引いて行くのを感じた。

「大変だ……」

フィリオは階下に駆け下りた。エメが吠えていたのは火事を知らせるためだったのだ。

「火事です！　庭の奥……じゃなくて、塀のすぐ内側の木のところで火の手が上がっています！」

「火事!?」

「まさか！」

「火消しを早く……！」

使用人たちの元に戻ったフィリオは冷静にと努めながら、自分が見て来た様子と状況を説明した。

「外れなので屋敷にまで火が近づくことはないと思いますけど、消さなくちゃいけません。誰か警備隊に知らせに走って貰えますか？」

一番若い使用人が自分がと言って、すぐに馬に乗るため厩舎《きゅうしゃ》に向かった。

次にしたのは、延焼を食い止めるための消火だ。出来れば水をたくさん運びたいが、屋敷の外れでは井戸から水を汲んで運ぶのは大変だ。だがしないよりはした方がいい。

すぐさま手分けして桶《おけ》や樽《たる》、鍋に盥《たらい》など水を入れるものをかき集め、井戸水を汲み入れたものから次次に荷車に乗せた。人の手で運ぶよりも馬にその荷車を引かせて一度に運び一気に消した方が効率がいいと考えたのだ。

避難した方がいいのではと提案もしたのだが、それは否定された。一つはまだ火が大きくなっていないこと、もう一つは屋敷の周りには木がまばらにしかないため建物への延焼はないと使用人全員が言い切ったからだ。

それに、

「旦那様なら何とかしてくれそうな気がしますから！」

という総意があったのも大きい。使用人とベルの距離は親しいというほど近くはないが、ベルのことを理解していると同時に、信頼もしているようだ。

馬の手綱を握るのは庭師で、庭のことなら何でも知っている男はフィリオから大体の方角を聞くとすぐに荷車を走らせた。勿論、フィリオも一緒になって荷車を押して走った。

「あそこだッ！」

「あそこが燃えてるぞ！」

フィリオと共に駆けて来た使用人たちが、樽から桶に水を汲み換えて炎に掛けていく。一番燃えていた木は高い枝の上の方まで既に燃えており、これは諦めるしかないだろう。逆に、火の手が上がったということを外部に知らせる目印になってくれたと考えた方がいい。

その代わり、周囲の木々には広がらないよう次々に水が掛けられた。庭師は持って来た鎌で近くの草を刈り取った。

追加の荷車が来ると、水の入った容器と空になったものを取り換えて、途切れることなく水を掛け、延焼を食い止める作業を繰り返した。皆、必死だった。

ちょうど屋敷の傍を通り掛かった夜会帰りの豪商の馬車がこの火事を発見してくれたのも都合がよかったと言える。既に森屋敷から人は走らせていたが、目撃者からの一報もあって、警備隊の動きは迅速だった。

「ヒュルケン将軍の屋敷が火事だぞ！」

「森屋敷に急げ！」

「城に伝令だ！」

深夜に響く怒声。水入りの大樽をたっぷりと積み込んだ放水用の荷車が夜の通りを走り抜ける。

フィリオの指示で門のところに控えていた門番は、今か今かと待っていた警備隊が駆け付けて来たのを見ると、顔中に喜びを浮かべ、火災現場を指差した。

「あっちです！　あっちでフィリオ様が火を消しています！」


声を掛けながら木々の間から姿を見せた警備兵の姿に、片手鍋で水を撒《ま》いていたフィリオはほっと大きく息を吐き出した。

「警備隊……よかった……」

フィリオだけでなく、寝巻きのまま袖捲《まく》りをして水を運んでいた使用人たちは、警備兵たちが水樽を運んで来たのを見て、露骨にほっとした表情になった。これ以上火を広げてはいけないと必死に働いたフィリオを含む全員の顔は汗に塗《まみ》れ、煙で煤《すす》け、寝巻きはびしょ濡れだ。

それでも延焼させることなく食い止められたことへの達成感は大きく、安心のあまりその場に座り込むものも出たくらいだ。

まだパチパチと燃える音は聞こえるが、手助けが来てくれたからには安心だ。警備兵の数は五人だったが、まだ後から来ると言う。

フィリオは、ヒュルケン将軍は夜勤のため不在だが自分が屋敷を預かっていると告げ、消火が終わり次第説明のために屋敷に来て貰うよう駆け付けた警備隊の班長へ言った後、使用人たちを労《ねぎら》いながら屋敷へ戻ろうと促した。後は任せた方がいい。

そしてふと気づいたのだ。

「エメ……エメはどこ？」

最初に火事に気づいたのはエメが吠えたからだ。しかし、そのエメは現場に駆け付けた時には姿が見えなかった。

「エメがいないので探して来ます。皆さんは屋敷に戻って待っててください」

「あ、フィリオ様！」

フィリオは駆け出した。後ろから引き留める声が掛けられたが、それよりもエメが大事だった。

エメのことが心配でたまらない。

すぐに火事に気づいたエメがもしも放火犯を追っていたとしたら？

「エメ！　エメ、どこにいるの！」

そんなに遠くには行っていないはずだと、続々と集まる警備兵の姿を木立の間に見ながら、フィリオは塀に沿って歩いた。

「エメがいない……どうしよう……」

もしも放火犯に連れ去られてしまったら？　もしもエメが怪我をしてしまったら？

「ベルさんが泣いてしまう」

怒るよりも何よりも、涙を流すだろう。

「エメ！　エメ！　……どうしよう、いない……エメ、エメ？　どこ？」

あちらこちらと木立の間を歩き回り、繁みの中に黒い体が横たわっていないか覗き込み、それでも見つからない。

フィリオはふっと足を止めた。

「エメ……出て来てよ……」

ベルがいない間は自分が屋敷のことをしなくてはと思っていたが、思い上がりに過ぎなかった。あの時のエメの声が助けを求める声だったとしたら、駆け付けるのを後回しにしてしまった自分の責任だ。

血痕がないのは希望があることを示しているが、

火を放つくらい将軍に恨みのあるものがいれば、エメを連れ去ってしまってもおかしくない。

「どうしよう……」

最悪のことを想像し、フィリオの体からサァーッと音を立てて血の気が引いた。そのままふらりと傾いだ体が地面に座り込んでしまう直前、

「フィリオッ！」

声と一緒に馴染んだ匂いがして、座り込みかけた体はすっと上に浮いた。

「大丈夫か？　怪我はないか？」

「ベルさん……」

見上げたベルの青い瞳の中には心配したとはっきりと描かれていた。

「ベルさん、どうして……？」

「屋敷に火の手が上がったと報《しら》せが来た。息が止まるかと思った」

「ごめんなさい。僕がちゃんとしてなかったから」

「どうして？　フィリオのせいじゃない。火は誰も知らないところで出て来た」

「でもエメがいなくなっちゃった」

「エメ？　エメがいないのか？」

「エメが火事を教えてくれたんだ。でもどこ探してもエメがいなくて……ごめんなさいベルさん、僕がちゃんとしてなかったから……！」

ベルの顔を見た途端、緊張で凝り固まっていた体からすべての力が抜け出てしまった。

「ごめっ……ごめんなさいっ……！」

涙が後から後から零れ落ちて止まらない。ベルの胸に顔を埋め、ワアワアと小さな子供のように声を上げて、フィリオは泣きじゃくった。

そんなフィリオを大事に腕の中に抱き込んで、ベルは「大丈夫」と静かに言い聞かせるように言った。

「エメは大丈夫。すぐに戻って来る」

「ほんとう……？」

「ああ。本当だ」

ぐずぐずと濡れた顔を見下ろすベルの顔には、強がりは見られない。エメが帰って来るのを信じているというよりは、無事が当たり前だと、はっきりと思っている。

「エメは強くて賢い。だから待っていよう、二人で」

「うん」

足に力が入らないフィリオを軽々と抱き上げたベルは、ゆっくりと木立の中を歩き出した。泣いたのと緊張疲れから、フィリオはぐったりとベルの胸に体を預けて目を閉じた。

「将軍、火災は消し止めました。一部木が燃えてしまいましたが、他に異常はありません」

「検分は？」

「今から取り掛かります」

「中から火をつけたとは考えられない。屋敷の外回りにまで捜査範囲を広げろ。痕跡が残っていれば漏らさず報告だ」

「はい」

はきはきと通りのよい声が間近で聞こえる。そして聞いたことがないほど厳しく、しっかりとしたベルの声。

「エメが犯人を追っているようだ」

「エメ様が……それは御愁傷様です」

どこか気の毒そうな台詞は、誰を気の毒だと言っているのだろうか？

「俺は屋敷にいる。報告連絡は随時、異常があれば各自対処」

「はい。あの将軍、もしかしてその方がフィリオ様ですか？」

抱く腕に力が入り、さらにきつく抱き寄せられた。

「俺の嫁だ。あまり見るな。減る」

「失礼いたしました。いえ、ご本人を間近で拝見するのは初めてだったもので……。すみませんッ、もう見ません。だから凄むのは止めてください」

「あっちに行って仕事をしていろ」

「了解です！」

元気のよい声がして、すぐに走って行く足音。

「放火だな」

「松明《たいまつ》の臭いはしないから、他のものに火をつけて投げ入れたか、炭を置いておいたんだろう」

「門番と巡回兵に不審な動きをするものを見掛けなかったか聞いて――」

「よりによって将軍の――」

「――歌唱隊で――名な――……」

ザワザワとした会話が聞こえるが、それももう遠くなって来た。

「眠れフィリオ。ずっと傍についているから。後は任せろ。俺の仕事だ」

力強い言葉に、自然に笑みが浮かぶ。

（ベルさんがいればもう大丈夫、エメもきっと……）

喧騒が遠くなって暫くして、まだ夢現を彷徨っていたフィリオは、揺れが止まった時に唇に触れる温かいものに気づいた。一度だけでなく、何度も名を呟きながら触れられる唇。

応えたい。でも体が重くて動かない。

そのことをとても申し訳なく思いながら、フィリオは眠りに身を預けた。


次に目を覚ました時、最初に飛び込んで来たのは青い瞳だった。そして、指先に触れる生温かいもの。この感触には覚えがある。

「――エメっ？」

跳ね起きたフィリオは、自分が長椅子の上でベルの膝を枕に毛布に包まれて眠ってしまっていたことに気づいたが、それよりも探していたエメがすぐ傍にいたことに歓喜の声を上げた。

「エメ！　無事だったんだね！　よかった！」

首に腕を回してぎゅうっと抱き着いた。

「どこにも怪我はない？　大丈夫？」

そしてぺたぺたと背中や腹、頭や耳などを撫でて回り、脚の裏の肉球まで確認して、どこにも傷一つないことに大きく安堵した。

「よかった……もう本当に心配したんだよ。よかった」

ハッハッと口を半分開けて、エメは嬉しそうに尾を振っている。

「フィリオが心配してくれたと喜んでいる」

「心配させて喜ぶなんて絶対ダメ。どうしようかって思ったんだからね」

もう一度抱き着いて安心を得たフィリオは、いつの間にか自分が汚れた寝巻きから新しいものに着替えさせられていたことに気がついた。顔も汚れた感じはしなかった。

ベルの方はマントを外して上着を脱いでいるだけで、夜に会った時と変わらない。

「一応確認しますけど、僕の着替えは誰が？」

「俺」

「……ですよね……」

「フィリオは俺の嫁。嫁の裸を見ていいのは俺だけ」

わかっていたことだが、改めて言われると恥ずかしいものがある。横になっているだけでも一緒に寝ている間柄、風呂上がりに上半身の裸は見慣れている。いや、実際にベルは初日に浴室に侵入しようとしてフィリオに撃退されており、全身の裸を見られているのだ。

あの時は、

「仮婚中は一緒に風呂に入るのも駄目ッ！」

と叫んで諦めて貰ったが、裸体ははっきりと記憶に残っているだろう。自分の嫁と言い張るフィリオの貴重な裸体をベルが忘れるはずがない。

「汚れていたから拭いた」

「それはどうもありがとうございます」

「フィリオは俺だけのもの。綺麗で可愛い。早く舐めたい」

「舐め……って、ベルさん、それは誰の入れ知恵……いえ、いいです。わかりました。インベルグ王子ですね」

「そう。舐めたら喜ぶと言われた」

どこをどう舐めるのか。知りたいような、知りたくないような……。

「……そういうことは思っていても言わないようにしましょうね」

触ったんですか、とはもう言わない。

最後の一線こそまだ越えていないが、このままでは遠くない将来にベルに美味しく食べられてしまうのは間違いない。

それでもいいやと思ってしまっているあたり、自分は随分この男に惹かれてしまっているのだろう。情が湧いたのか、絆されたのか。切っ掛けはどちらだったにしても、一途《いちず》に自分だけに想いを向けるベルのことを、とっくに好きになっていたのだ。

（でもそれとこれとは別だけどね）

仮婚の間は体を重ねてはならない。この決まりを律儀に守っている男は、今か今かと期間が終了するのを待っているに違いない。

(僕も覚悟決めなきゃ)

頭を動かしてはっきりと覚醒すれば、今の状況が何となくわかって来る。随分眠ったような気はしたが、起きたのはいつもとそう変わらない時間だったようで、寝過ごしてしまったのではないかと心配したフィリオを安心させた。

外を歩き回る幾つもの足音や声など、普段の森屋敷では考えられない音は、未だ敷地内に多くの人がいることを教えてくれる。

「みんながフィリオに会いたがっていた。眠っているから後でと言っておいた」

「みんなって？　お屋敷のみんな？」

「そう。心配していた。それから礼も言っていた」

火消しに躍起になった屋敷の皆は、ぐったりとしたフィリオと反対に興奮して朝まで眠らずにほとんどのものが過ごしたという。その勢いのまま、屋敷内に駐留している人たちに簡単な膳部を提供するほどだったとか。

見ればテーブルの上には白い布を被せた皿が乗っていた。

「フィリオの分」

「パリッシュさんだね。ベルさんはもう食べたんだ」

フィリオの傍を離れていた時に、部下たちと一緒に食べながら屋敷を見て回っていたらしい。本当はずっとフィリオの傍にいたかったが、任せろと言った手前、フィリオに褒めて欲しくて頑張ったと言った。屋敷の主としては当然の行動だが、行動の原動力がフィリオになっているのがベルらしい。

「ありがとう、傍にいてくれて。それから後のことをしてくれて。ベルさんが帰って来てくれて、本当によかった」

笑い掛けると、ベルはそっとフィリオの肩を自分の方へ引き寄せた。触れる箇所から伝わってくる温もりが、もう安心していいのだと教えてくれる。

「前にベルさんが言ってた言葉、わかったような気がする」

触れていると優しい気持ちになるのだと、以前にベルはそう言っていた。確かにこれ以上ないほどの優しさを感じる。全身で案じ、全身で感情を伝えて。

安心したせいで気が緩んでいたのは否めない。だから、

「――あのぅ将軍、そろそろ報告してもよろしいですか？」

控え目な声が聞こえ、ゆったりとベルの体に身を寄せていたフィリオは慌てて体を起こし、椅子に座り直した。

「……ちっ」

「ベルさん、舌打ちしない」

代わりに膝の上に手を乗せ、軽く叩く。何だかベルの扱い方が上手になって来た気がする。

「報告」

「はい」

ベルに向かって敬礼した軍人は、程よい距離まで歩いて来ると、フィリオに向かって頭を下げた。その目の中に好奇の色がなかったとは言わないが、この場で口にしないだけの分別はあったらしく、すぐに真面目な顔で火災の詳細をベルに伝えた。

誰もが予想した通り、火の気がないところで火事が起きたのは放火のせいで、塀の外側から火をつけた練炭のようなものを投げ入れたのが原因だった。犯人が誰かは現時点では不明だが、不審なものがいなかったか近隣に聞き回っているところらしい。

じっと聞いていたフィリオは、

「あのね、ベルさん」

そっとベルの袖を引いた。

腕組みして尊大な態度で報告を聞いていたベルは、表情を一転、にこりとフィリオへ顔を向けた。

「もしかしたら関係あるかどうかわからないんだけど、手紙が来てたんです」

「どんな？」

「結婚、止めろっていう」

「フィリオ」

珍しくも厳しい声に、フィリオはびくっと肩を揺らした。

「ごめんなさい、今日話そうと思ってたんです。手紙はそこの引き出しの中に仕舞ってます」

兵士が急いで引き出しから手紙の束を取り出し、その全部に短時間で目を通したベルは大きな溜息をつきながら、フィリオの髪の中に指を突っ込んでぐしゃりとかき回した。

「早く言え。秘密にしていてもいいことはない。抱え込むほど事態が悪くなる」

フィリオに対しては甘いベルにしては、真面目で重い言葉だった。正論過ぎるほどの正論に、フィリオはひたすら謝るしかない。

「……反省してます」

「フィリオに何かあったら俺が困る」

「ごめんなさい」

ん、と言ってフィリオの頭に唇を落としたベルは、

「サーブル、これの分析だ」

さっと部下へ束を渡した。

「至急取り掛かります」

兵士は手紙を持ったまま慌ただしく出て行った。

それから、ベルは足元に座ったままの獣の名を呼

んだ。

「エメ」

耳をぴくりと立てた獣は、それはもう勢いよく尾を振った。

「よくやった」

それだけでベルとエメの間には通じるものがあったのか、ベルは笑みを浮かべるとフィリオを撫でているのとは反対の手で、エメの頭を撫でた。

「そういえば、エメは犯人を追い掛けて行ったんでしょう？　どうだったの？」

一瞬考えるような表情を見せたベルは、だが、

「それは俺の仕事」

と言って微笑むだけで何も教えてくれない。しかしその笑みは、

（……ベルさん、怒ってる……）

毎日顔を見ているフィリオにはわかってしまった。


ベルの顔に浮かんでいるのは、いつも見ている柔らかで優しいものではなく、どちらかというと第三王子に近いもの、そう、獰猛《どうもう》で獲物を見つけた時の愉悦の笑みだ。

じゃあ、とエメを見れば自分の尾に纏《まと》わりつく仔猫と仔犬をじゃらしてご機嫌だ。

ベルに褒められた。つまりエメは、同時にベルは犯人が誰なのか、わかっているということだ。その上で手紙の分析を命じたということは、確固たる証拠を提示するためなのだろう。

（初めて見た、ベルさんが働いているところ……）

厳密に言えば座って指示を出しているだけなのだが、椅子に座っている時には膝枕で寝ているか、フィリオの髪を弄《もてあそ》んでいるばかりの男が見せる軍人の顔は、フィリオに新しい感情を芽生えさせた。

つまり、

（頼もしい。なんかかっこいいよ、ベルさん）

なんとも甘ったるい気持ちである。

やがて何も動きがないまま、ベルもフィリオの傍から離れないまま昼を過ぎ、食事が終わった後で庭に出て行ったベルは、戻って来るとフィリオの頬に手を添えて、城に行くと言った。

「今から？」

今日はもうずっと一緒だと思っていただけに、急に言い出されてフィリオは困惑して首を傾げた。

「国王に報告する」

確かにその通りだ。屋敷は国王に下賜《かし》されたもの。そこに火をつけられたのだから、屋敷の主として報告する義務があるのだとベルは言う。

「僕も行きましょうか？　目撃者は必要でしょう？」

「大丈夫。俺だけでいい。フィリオはお休み」

「大丈夫ですか？」

「俺は平気。でもフィリオはまだ疲れてる。だから留守番だ」

確かに体は疲れていた。少し寝て休んだくらいでは、疲労は取れなかったようだ。そんな自分の体調を自覚しているフィリオは、あまり強く同行を主張してベルを困らせるのも悪いと、素直に屋敷に残ることにした。

「――今日は帰って来る？」

「寂しい？」

「うん」

正直な気持ちを告げると、ベルはそれはもう嬉しそうに微笑んだ。

「終わったらすぐに帰る」

「早くね」

わかったの代わりに、ベルは頭に口づけた。

「そうだ。エメも連れて行く。部下は置いて行くけどいいか？」

「エメがいないのは残念だけど、お仕事なんでしょう？　警備隊の人がいてくれるなら安心出来ると思う」

まさか連続で屋敷が襲われるとは思わないが、ベルもエメも不在では不安もある。その不安を見越して直属の部下たちを置いて行くと言ったのがベルならば、信用してもいいのだろう。

「屋敷には入れなくていいから」

「お茶くらいお出ししてもいいんじゃないですか？」

「俺がいない時は駄目。危険だ」

「それも王子の入れ知恵ですか？」

「そう。世間の常識らしい」

「……ベルさん、本当にもうちょっといろいろ頑張りましょうね。僕、お手伝いするから、王子じゃない人ともお付き合いして、見聞広めましょう」

「フィリオがいればいい」

「僕もだけど、僕だけじゃなくて。いいや、これはまた後でも。それよりお城に行く準備しましょう。登城が遅くなったら帰って来るのも遅くなるだろうし、それは僕も嫌だから」

その台詞は大いにベルの気に入ったらしい。

一度私室に戻って新しいシャツと上着に着替えたベルは、外まで行こうとするフィリオに、見送りは玄関まででいいからと言った。外にたくさんいる兵たちに見せたくないらしい。

「わかりました。じゃあ、気をつけて行ってらっしゃい。早くのお帰り、待ってます」

ひらりと笑いながら手を振ったフィリオをじっと見つめていたベルは、しかしその場から動かない。

「？　どうかした？」

きょとんと首を傾げたフィリオは、次の瞬間、男の腕に捕われてしまっていた。

「ベルさ……っ！」

慌てたのも少しの間のこと、次の瞬間には頭の中が真っ白になってしまった。

重ねられた唇。荒々しく割り込んで来たベルの舌。口の中をかき回し、何度も何度も角度を変えて重ねられる。

目を見開き、黙ってベルにされるままになっていたフィリオは、

「フィリオ……好きだ」

ようやくのことで解放された時、息も絶え絶えでベルの胸に体を預けなければならないほどだった。

そうして聞こえるベルの台詞に、体の底からカッと熱くなる。

好きと呟きながら、何度も落とされる口づけに、顔を上げられなくなってしまう。

（好きって……好きって言われた……っ）

そうかなと思いながら、だが一度も告げられたことのないベルの自分に対する気持ち。触り心地がいいとか、優しいとか、そんなものよりも直接響く言葉。

「フィリオが好きだ。だから――」

――明日は待たない。

昨夕のベルの言葉が頭の中で蘇る。

そう、明日とは今日のこと。二人の関係も今日、新しく変わるはず。

フィリオはそっと顔を上げた。

「行ってらっしゃい、ベルさん。帰って来たらいっぱい話をしよう。僕たちのこれからのことを」

静かに目を閉じると、おそるおそる触れる唇。

（さっきはあんなに凄かったのに……）

壊れ物を扱うように、小さく何度も繰り返された

口づけは、やがて名残惜しそうに離れて行った。吐息が唇に掛かり、フィリオは目を開け、蕩けたようにぼうっとしているベルに、もう一度言った。

行ってらっしゃい、と。

1-6

応接間の椅子で柔らかな座布団を抱えて座るフィリオは、自分の取った行動に赤面して、一人悶えていた。

「恥ずかしい……」

思いも寄らない激しい口づけに驚いたのはあるとしても、まさか強請るようなことをしてしまうなんてと、未だに信じられないくらいなのだ。

「ベルさんもちゃんと城に行けたかな。馬から落ちてなければいいいんだけど……」

夢現のまま、二人して暫く見つめ合い、どこかふらふらと上気した顔で屋敷を出て行ったベルが心配だ。

「エメが一緒だから大丈夫だろうとは思うんだけど」

帰って来た時に、顔や体に傷があれば笑うしかない。

眠気はもう吹き取んでしまった。窓の外には庭の中を歩き回る兵士の姿が幾人も見える。普段であれば物々しい様子に眉を顰《ひそ》めるところだが、今日ばかりは別だ。これほど彼らの存在を頼もしく思ったことはない。

ベルは何もしなくていいと言ったが、使用人に頼んで彼らに茶を振る舞うようお願いした。屋敷に残された中には、ベルに報告をしていたサーブルという軍人もおり、副将を拝命している彼がここの責任者として残るよう、ベルに命じられたらしい。

「一般兵が残るより、副将の私が残った方が安心を与えるからと将軍が仰っていました」

フィリオに対する特別な配慮をしたにしても、仕事に関しては、確かにベルは出来る男らしい。

フィリオは屋敷の中を歩き、昨夜のことで働いてくれた皆に礼を言って回った。彼らがいたからこそ、フィリオは頑張らなくてはと思ったし、初期消火が無事に出来たのも、全員が力を合わせたからだ。逃げ出す者は誰一人としてなく、特別なことは何もしなくてもベルが慕われていることを感じ、嬉しく思った。

その後フィリオは、城について行ったエメの代わりにまだ小さな犬猫の世話をして過ごしていたのだが、

「フィリオ！　フィリオ、どこにいる？」

廊下から聴こえて来た声に首を傾げた。

「……父上？」

今の声はルキニ侯爵だった。この屋敷に侯爵が訪れたことはなく、もしや火事を聞きつけてやって来たのだろうかと、仔犬を腕に抱いたまま、フィリオは声に向かって歩き出した。

「父上」

ちょうど応接間に向かう途中で見慣れた侯爵の姿を見つけたフィリオは、声を掛けた。

「フィリオ……よかった。いたんだね」

いつもは穏やかで慌てることのない侯爵は、ほっと安心したように表情を緩めた後、顔を引き締めた。

「話は後だ。フィリオ、私と一緒に城に来てくれ」

「火事のことですか？　それならベルさん……ヒュルケン将軍が国王に報告に行ったはずですけど」

「そのヒュルケン将軍が大変なんだ。ああ、話をしている暇はない。とにかく急いで。着替えはしなくていいから」

「ベルさんが……大変？」

常にない慌てぶりに首を傾げていたフィリオは、大切な人の名にはっとした。

「父上、どういうことなんですか！」

「説明は後だ。ほら、早く」

抱えていた仔犬を通り掛かった下働きに渡すと、フィリオは侯爵に手を引かれるまま外に向かって駆け出した。

（ベルさんに何があったの!?）

こんなに焦る父親を見るのは初めてだ。実父が亡くなった時も、それから母が亡くなった時も、ここまで取り乱したことはなかった。安定の人と言われるほどの侯爵が慌てなければならないような何が起きたのか？

侯爵は馬車で来ており、その馬車に乗り込もうと脚を掛けたフィリオだったが、

「フィリオ＝キトッ！」

門から真っ直ぐに駆けて来た黒い馬に、動きを止めた。

あっという間に駆け込んで来た馬には第三王子が乗っていて、今にも馬車に乗り込もうとするフィリオを認めると、腕を伸ばして引き寄せた。

「王子！」

「俺の馬の方が早い。こいつは俺が連れて行く。侯爵は後から来い」

言うや否や、フィリオは王子の馬の上に引き上げられてしまう。ベルに続いて王子にまで簡単に引き上げられてしまう己の貧弱な体に劣等感を覚える暇もなく、

「口を閉じてろよ。開けると舌を嚙んじまうからな」

「王子、フィリオを頼みます」

「承知した。行くぞ、フィリオ＝キト」

宣言すると同時に、まだ馬上のフィリオの体勢が整わないうちに、馬を走らせる。

「お……！」

王子と叫ぼうと思ったが、激しい揺れに忠告を思

い出して、慌てて口を閉じ、しっかりと馬の鬣《たてがみ》にしがみついた。

馬は門を駆け抜け、馬車や人が行き来する昼間の町を蹄《ひづめ》の音も高く疾走した。目を開けていられないわけではないのだが、横乗りという不安定な姿勢では、振り落とされないようしがみついているので精一杯。王子は王子で凄い形相で手綱を握っていて、何がそこまでさせるのかと疑いたくなるほど必死だ。

「お待ちしていました！」

城門を潜る時に掛けられた門番の声に、切羽詰まったところがあったと思うのは気のせいだろうか？ 見慣れたはずの城の風景は、今は通り過ぎる線にしか見えない。

「王子だ！」

「王子が戻って来たぞ！」

そんな声があちこちから聞こえ、フィリオはもうわけがわからない。

暫くするとカツカツと蹄の音が近づき、王子の横に別の馬が並んだ。

「状況は？」

「ナイアス殿が抑えていますが、どれくらい保つかわかりません」

「ゼネフィスとライリーは？」

「呼び寄せた私兵に守られていて、今のところ伯爵の腕一本で済んでいます」

「そうか。まだましだな」

「ええ」

何やら物騒な会話が聞こえて来る。フィリオは嫌な予感がしてならなかった。

ゼネフィスは伯爵、ライリーは男爵位を持っていたのではなかったか？ 腕一本。これは長さを示しているのか、それとも――。

「もう限界だ」

馬が停まったと同時に澄んだ、しかし苦悩が滲む声が聞こえ、フィリオはそっと目を開けた。そして、そこに広がる光景に息を呑み込んだ。

「……ベルさんッ……」

フィリオも知っている場所だった。初めてベルに出会った庭園。庁舎の近くにありながら、長閑《のどか》で静かで誰も知らないようなひっそりとした庭。

しかし、そこは今血の臭いが漂っていた。

真っ直ぐに立つ灰色の背中はベルだ。手に提げているのはフィリオも見たことのある片刃の剣。

そのベルの視線の先には十人ほどが固まって集団を作っている。剣を構える男たちと、背後に座り込む男が二人いる。そのうちの一人に何人かが寄り添って腕を押さえているが、遠目からでも肘から先は見当たらないのがわかった。

(腕って……)

驚愕に目を見開いたまま固まったフィリオは、

「あれがウェルナード＝ヒュルケン将軍だ。お前の夫になる男だ」

背後から王子に話し掛けられ、眉を寄せた。

「どうだ？　怖くなったか？　今のあいつは本気で怒っている。聖王親衛隊長がこれ以上の暴走を抑えているが、そろそろ限界だ」

「限界が来たらどうなるんですか？」

「どうもこうも、あいつらを屠《ほふ》るまで止まらないだろう。ああ、あいつらか。ゼネフィス伯爵とライリー男爵。昨日の晩、ヒュルケンの屋敷に火をつけた黒幕だ。将軍の退位を誰よりも望んでいる馬鹿《ばか》な連中だ」

「ベルさんを退位させてどうするんですか？」

「自分がその後釜に座ろうと思ってるのさ。戦がなクックッと嗤《わら》う王子は、こうなってしまったのも、これから起こることもすべて彼らの自業自得だと言う。

「俺としてはこのまま始末して貰ってもいいんだが、それじゃあ外聞が悪い。始末は後からこちらがするとして、お前にして貰いたいことがあって連れて来た」

「ベルさんを止める。そうですね？」

「出来るか？」

フィリオは王子の顔からベルの方へ顔を向けた。敵とみなした相手には容赦という言葉を知らないのではないかと思われるほど、冷たい背中。立ち上る怒気は、それだけベルの怒りが大きいことを示しているのだろう。

ベルの傍らには漆黒の獣。額には三つ目の瞳が青く光り、背中には鉤爪《かぎ》を持った大きな翼。


い今なら、軍務庁に在籍していれば将軍職も無理じゃないと思ったんだろう。それか自分が賄賂を貰っている奴を将軍の座に座らせるかもしれないな」

「そんなこと出来るんですか？」

「出来る——と思っているところが馬鹿なんだよ。あいつらは、旧体質なんだ。シス国出身のヒュルケンが軍部の最高位に就いているのがお気に召さないらしい。追い出せる最後の機会を有効利用したかったんだろう。破談になって夏が来れば、ヒュルケンはクシアラータから去る運命だからな」

「……だからってそんな……」

「そんな愚かな連中がまだまだいるってことだ。だからこそ、ヒュルケンの存在は必要なんだが、頭の固い連中にはそれがわからないらしい。馬鹿だよなあ、あいつら。なんでヒュルケンが将軍なのか、なんで英雄と呼ばれているかちっとも理解していない」

「エメ……」

「幻獣フェン。どんな生き物かは自分で調べろ」

「はい」

「それでどうする？」

「――行きます」

「そうか」

王子は何をすればいいのかは言わなかった。だが、自分に今与えられた役割はわかっているつもりだ。あの状態のベルに近づくには相当の勇気がいる。素手で近づいても捻り殺されるような恐怖を感じたのだ。剣が動けば、それだけで首は飛んで行ってしまうかもしれない。それを思えば、確かに「腕一本」で済んでいるとも言えるだろう。

「インベルグ王子。ベルさんがこのままあの人たちを殺してしまったらどうなるんですか？」

「どうもならないさ。悪いのはあいつらだ。ただ、外聞は悪くなるだろうな。今のままだと私刑《リンチ》だ。禁止されているわけじゃあないが、事実はどうであれ、悪く言い立てるのが仕事の奴らはどこにだっている」

「そうですね」

それなら、やっぱり自分はベルを止めるべきなのだ。

ベルの背中を見つめ、一歩を踏み出し掛けたフィリオだが、おずおずと後ろを振り返った。

「……あの、インベルグ王子」

「なんだ？」

「……申し訳ありませんが、近くまで連れて行って貰えますか？　自分でも歩けるとは思うんですけど、途中で座り込んでしまったら恥ずかしいので……」

昨夜の疲労がまだ抜けきっていないところに乱暴な乗馬で、今も少し足腰が震えている。ベルの傍に行くことは怖くないが、気力はあっても体の方がべルが放つ覇気や怒気に耐えられない可能性が高い。

「ナイアスのところまでならな。あいつが背後で牽《けん》制《せい》しているおかげでヒュルケンは動けない」

動けば聖王親衛隊長がベルを止めるために攻撃を繰り出す。それがわかっているからベルは動かずに、相手の精神が疲労するのを待っている。今はそのギリギリの状態らしい。

国王への報告を終えたベルは、その足でエメを放ち、夜のうちに犯人だと判明していた彼らを人気のない場所に追い詰め、そして剣を抜いたという。

「手を引くか？　それとも抱っこがいいか？」

インベルグとしては冗談のつもりだったようだが、

「手を……いえ、抱いて行ってください」

フィリオはその冗談のような提案を実行するよう頼んだ。勿論、理由はちゃんとある。

「……おい、俺に矛先が向いたらどうしてくれる」

「自惚《うぬぼ》れじゃなくて、僕が近くに行けばベルさんは気づくと思うんです。でももっと僕に意識を向けて貰うには」

「生贄が必要ってわけだな。俺への仕返しか」

フィリオは震えながらも小さく笑った。

「じゃあ行くか」

「お願いします」

王子は軽々とフィリオを抱え、回廊を下りて庭に足を踏み入れた。

「王子だ……」

「インベルグ王子が来たぞ……」

遠巻きにする人々の間から、王子の名が呟かれる。

インベルグは周囲を気にすることなく真っ直ぐ歩き、青い服を着た聖王親衛隊長ナイアスのすぐ傍にフィリオを下ろした。

ナイアスの居場所はベルの間合いの最遠でもある。

そこに不用意に入って力の均衡を崩すのは、今のベルの状態を考えると危険な行為でしかないからだ。

「インベルグ、それが例の子か？」

「ああ。対ヒュルケンの最強兵器だ」

「大丈夫か？　相当頭に血が上っているぞ。見境なく攻撃しないとは限らない」

「ナイアス、怖がらせるな」

「忠告と警告は必要だ。フィリオと言ったか」

ナイアスはベルから目を離すことなくフィリオに語り掛けた。

「私は聖王親衛隊長のナイアスだ。話はインベルグに聞いたと思うが、お前は本当にヒュルケンに近づくのか？」

「はい。覚悟はしています。でも、きっとベルさんは僕を見てくれると思っています」

「危険だと思ったら、私は君を守るためにヒュルケンに攻撃をしなければならない」

「わかっています。だから……そうならないために僕がベルさんを止めます」

聖王親衛隊長の紫色の瞳は本当にフィリオを心配し、気遣ってくれているのがわかるほど真剣だった。そして同じくらい、ベルが大人しくしてくれるのを願っていることも。

「僕、ベルさんを好きなんです。ベルさんも僕を好きだって言ってくれました」

「そうか」

「ベルさんとたくさん話をして、それから仮婚が終わったらそのまま結婚するつもりです」

ヒューッと鳴った小さな口笛は第三王子のものだ。

「それで、誓約をする時には聖王様のところに二人で行くので、その時にはどうぞよろしくお願いします」

「――わかった。その時には私も列席し、盛大に祝わせて貰おう」

「はい」

三宝剣の中では一番年長で、そして一番の美貌の持ち主は穏やかに微笑み、ベルの背中を指差した。

「ゆっくりと歩きなさい。話し掛けながらゆっくりと。剣を恐れずに。漆黒の獣は君を決して傷つけないだろう。その養い子もまた然《しか》りだ」

「はい」

軽く背中を押され、フィリオは庭の奥へと歩き出した。ゆっくりと、一歩ずつ近づきながら話し掛ける。

「ベルさん、ベルさん。僕です、フィリオです。聞こえますか？　僕の声が届いたなら、こっちを向いてください」

何度も話し掛ける。しかし、まだ反応はない。だがそれも覚悟の上の行動だ。フィリオはベルの横に立つ黒い獣へと目を移した。

「エメ、エメ、聞こえる？　僕だよ、フィリオだよ」

エメの黒い耳がピクリと動き、すっと後ろを振り返った。

「エメ、よかった……。僕だよ、フィリオ。わかるでしょう？」

体ごとゆっくりとフィリオの方を向いたエメは、羽を大きく広げた。

その瞬間、

「待って！」

背後の二人が攻撃を仕掛ける前に、フィリオはエメの前で両手を広げて制していた。

「大丈夫。大丈夫だから。エメは僕のこと、ちゃんとわかっています」

大きく広げられた羽は、そのまま翔《と》ぶことも出来るのだろう。その羽がもう一度大きく震え、それから一瞬のうちに小さく折り畳まれる。額に開いていた三番目の目はまだフィリオを見つめているが、興奮した気配はない。

エメはそっと隣のベルを仰ぎ見た。その姿は微動だにせず、先ほどから変わりない。

(大丈夫、きっと聞こえる。エメが僕に気づいてくれたんだから、ベルさんだって……)

フィリオはまた一歩二歩と前に進み出た。

「ベルさん、聞こえないの？　僕の声、届いていない？」

何を言っても聞こえないのだろうか？　それともまだ呼び掛けが足らないのだろうか？

フィリオは胸の前で手を組み、祈るように呟いた。

「ベルさん……ウェルナード」

小さな小さな声だった。ただ名を呼んだそれだけ。

ベルがフィリオに呼んで欲しいと願った名を。

だが、その言葉に背中が小さく動いたのを、第三王子と聖王親衛隊長は確かに見た。ベルだけしか見ていないフィリオも当然気づいている。

「ウェルナード、ウェルナード。僕の方を向いて？」

優しく、優しく呼び掛ける声に、ようやくベルは体をフィリオの方へと向けた。

「ウェルナード」

「……フィリオ？」

「うん、僕だよ。早く帰って来てねって言ったのに、帰って来ないからお城まで迎えに来ちゃったよ」

「フィリオ、俺は……」

「うん、わかってる。ベルさんのことならわかってる」

「名前」

「名前？　ああ、ベルさんよりウェルナードの方がいい？　何度でも呼んであげるよ。ウェルナード、僕と一緒に家に帰ろう？　エメも一緒に」

ベルの方へと手を広げて伸ばし、さあおいでと誘う。

ゆっくりと、ゆっくりと剣を持ったまま、ベルはフィリオの元へ近づいて来る。

（まだ、まだ安心しちゃ駄目だ。ベルさんが僕のところに来るまでは）

フィリオは真っ直ぐにベルを見つめ話し掛けた。

「覚えてる？　ここはベルさんと僕が最初に会った場所なんだよ」

「……ここじゃない」

「え？　ここじゃないの？」

「昔、ずっと前に会った。フィリオは青い服を着て、王子のために歌ってた。キラキラした目が可愛くて、目が離せなかった」

「それって……」

フィリオは目を瞠った。

「王子の結婚の時のことなら、第一王女の夫だ。シス国の王子のことだろう」

第三王子の声が十年前の出来事だと言う。

「僕は歌唱隊にいて……それでお祝いの歌を歌ってた。ベルさんは、その時そこにいたの？」

「いた。この子がいる国を守りたいと思った。だから戦った」

穏やかな告白に、フィリオは口元を手で覆った。

「そんな……そんなこと一言も教えてくれなかったじゃないか！」

「言わなくても、俺がフィリオを想うのは変わらない。だから、嬉しかった。ここで会って」

そう、最初に会った時、驚いた表情を浮かべなかったか？　いくらなんでも懐くのが早過ぎはしなかったったか？

知っていたからだ。フィリオが小さなフィリオだった頃を。

「ベルさん」

「ウェルナード」

「ウェルナード、そっちに行ってもいい？　抱き着いてもいい？」

もう一度手を伸ばし懇願する。視界は涙で滲み、声は震えていただろう。

「いい。俺に抱き着いてもいいのはフィリオだけ。抱き締めていいのも俺だけ」

指先に温かいものが触れたと思ったら、もうフィリオはベルの腕に抱き締められていた。

「ウェルナード！　ウェルナード！　僕をウェルナードの嫁にしてくれる？」

「勿論。最初から決まってる。フィリオは俺だけの嫁。俺の大事な大事なフィリオ」

ふわりと体が浮き上がり、ベルに抱えられたと知る。

その瞬間、見守っていた人々からワアーッという歓声が沸き起こり、拍手が鳴り響く。

「派手にやってくれたもんだ」

「だがそのおかげでお前も助かっただろう？　インベルグ」

「まあな。あの状態のヒュルケンを扱えるのは、この国ではあのフィリオ＝キトだけしかいないだろう」

歓迎の声は次第次第に大きくなり、やがて騒ぎを聞き付けた国王夫妻までもやって来て、大層な騒ぎになる。

フィリオは人垣の中にルキニ侯爵とアグネタの姿を見つけ、小さく手を振った。

それに気づいた周囲が、今度は侯爵に祝いの言葉

を述べている。もう場は収拾がつかないほど騒動が広がっていた。

「いいの？　ベルさん、こんなに騒ぎになっちゃって」

「いい。俺がここにいるから誰も収められない」

確かに軍の最高責任者が当事者なのだ。収めようにも無理だろう。

聖王親衛隊長と王子は並んでこちらを指差しながら、笑いながら何かを話している。ルキニ侯爵の元へは国王が挨拶に訪れ、アグネタが顔を真っ赤にしていた。たぶん、一緒にいた第四王子に見惚《みと》れているのだろう。

この祝いの場に一番相応しくないゼネフィス伯爵とライリー男爵は、ベルがフィリオの方を向いた瞬間に第三王子配下で急遽《きゅうきょ》結成された突撃隊によって捕縛され、今頃は取り調べ室に放り込まれている頃だ。落ちた腕と一緒に。

「ねえベルさん」

フィリオはそっとベルの耳に口を寄せた。

「もう帰ってもいいと思う？」

周囲は各々好き勝手に祝いを始め、踊り出したものまで出て来た。お祭り騒ぎとはこのことだ。

ベルはちらりと周りを見て、既に自分たちのことは意識の外だというのを確認し、頷いた。

「帰ろう。俺たちの家へ」

「そうしよう、そうしよう」

二人は額を合わせてこっそりと笑い合い、一緒になってしゃがんだ。しゃがみ込めば姿が見えなくなるのは学習済み。そのままこそこそと回廊の端まで移動した二人と一匹は、立ち上がって背伸びをした。

「帰ろう」

手を伸ばすとすぐに大きな手に握り返される。

「フィリオ、もう一度」

じっと見上げる青い目は、何かを期待して輝いている。

「ウェルナード。好きだよ」

「俺も」

ちゅっと重なった二人の姿を見ているのは、欠伸《あくび》をしながら後ろを歩いていたエメだけだった。

将軍様は憤慨中

クシアラータ国三宝剣が一人、ウェルナード＝ヒュルケン将軍が腕組みをして立っていた――と聞けば、誰もが真っ先に思い浮かべるのは軍事演習の場面だろう。実際に、城内の演習場や訓練場で部下たちの様子を観察しているヒュルケン将軍の姿は、高い頻度で目撃されていることでもある。

しかし、今現在ヒュルケン将軍がいるのは、およそ軍部とは無関係な場所だった。

儀礼庁。王族はじめ、貴族たちの儀礼儀式その他生活に関する事案を取り扱う庁舎で、言い方は悪いが戦うのが仕事の軍人とは、動と静ほどに性質を異にするところだ。一体どのような用事があるのか気になってしまうのは仕方がないだろう。

儀礼庁長官のルキニ侯爵は人格者で知られていて、将軍自らが足を運ばなくてはならないような不祥事はまず考えられない。仮にそんなことになっていれば、貴族会など含めてもっと大騒ぎになっているだろう。

ヒュルケン将軍と同じく三宝剣の一人、インベルグ第三王子が物凄《ものすご》い形相と勢いで駆け込んで来たのはつい昨日のことだ。二日続けての予期せぬ人物の訪問に、職員たちが不安に思うのも無理はない。

そんな数々の不安と疑問を一身に受けるウェルナード＝ヒュルケン将軍は、建物の前に立っているだけで動かない。その目は真っ直《まっす》ぐに、儀礼庁の正面玄関扉に向けられており、その視線の厳しさに、出入りする人々も落ち着かない様子だ。

正面から見るのも怖いが、背後からの刺されるような視線というのもまた恐怖なのだ。たとえ自分に向けられたものでないとしても、文官が間近で見ることが稀《まれ》な将軍だったとしても、有難く受けたいものではない。

各庁舎を人が行き来する時間帯ということもあり、目立つことこの上ないのだが、本人はまるで気にした素振りを見せることなく、堂々というよりは淡々と立ち続けている。

脇には無造作に揃《そろ》えられた紙の束を挟んでいて、黒い軍服に白い紙が非常に目につく立ち姿は、不安や疑問をかき立てるには十分だった。

――何か御用でしょうか？

そんな台詞《せりふ》が誰もの頭の中に浮かぶが、実際に声に出して確認する勇気を持ち合わせているものはいなかった。実際には勇気ある数人が傍《そば》に寄って行きもしたのだが、視線を向けられたわけでもないのに、何も言えずに引き下がっている。

城内巡回中の兵士や儀礼庁の守衛に目配せしてもそっと目を逸《そ》らされてしまうのだから、一介の文官たちが険しい表情の将軍に話し掛けられないのは無理もない。

将軍が持つ軍人らしい覇気は当然として、それ以外に何か異様な気炎を纏《まと》っているような感じなのだ。

いつ動くのか。

いつ口を開くのか。

その瞬間が来るのは怖いが、用があるのならさっさと済ませて軍務庁に戻って欲しいというのが、ヒュルケン将軍を目にした大勢の者が持つ共通の願いだった。

迂闊《うかつ》に触れれば火傷《やけど》をするぜ、と言わんばかりのヒュルケン将軍は、衆人環視の中で暫《しばら》くの間、微動だにせず扉の前に陣取っていたが、不意に後ろを振り返った。はらりと羽織ったマントが靡《なび》く姿は普段であれば、溜息《ためいき》つきながら見惚《みと》れるものも出て来るところだが、今回この場に限ってはそんなことはなかった。

つられてその場にいた人々の顔も同じ方向に向けられ、彼らは一斉に安堵《あんど》の息を零《こぼ》した。


「お帰りなさいませ、ルキニ長官！」

普段は会釈だけで済ます儀礼庁役人たちの出迎えの声に力が籠る。

一斉に挨拶されたルキニ侯爵の方は、馬車から降りながら、「おや」と言うように眉を上げたが、すぐにヒュルケン将軍の姿を認め苦笑を浮かべた。

ルキニ侯爵が軽く頷《うなず》くと、文官たちは見るからにほっとしたように、そそくさと自分の仕事へと戻って行った。


ルキニ侯爵はそのままヒュルケン将軍の前まで歩み寄ると、

「おはようございます。ヒュルケン将軍」

貴族らしい所作で挨拶を述べた。しかし、その柔和な顔には微《かす》かに困惑が含まれていた。

本来なら、今まで侯爵が参加していた朝議に将軍の姿がなくてはいけなかったのだが、代わりに副将軍が参列するのはもう通例のようなものだ。疎《おろそ》かにしているように見えても、重大な議題の時には顔を出し、それなりに発言や主張をしているので今のところ問題にはなっていない。

ただ、一部の貴族たちからは、王族が参加する朝議の場に出て来ないことを不遜だ不敬だと言って、将軍を糾弾する声もないことはない。直接面と向かって不満を訴えるものはいないが、見えない場所で不満が溜《た》め込まれている結果にもなっていた。

当然そのことは国王も知っており、何らかの手を打っていることはルキニ侯爵もわかっている。どちらの側もまだ水面下で動いている段階だが、表立って将軍を排斥するような動きが現れた時には、「反ヒュルケン将軍派」たちの未来はもうないも同然だろう。

国益に反するものたちをそのまま黙って登用しておくほどクシアラータ国の王族は甘くない。ウェルナード＝ヒュルケンという男の価値は、それほどまでに大きいのだ。

（その余波が我が家に来たのは予想外だったが……）

ルキニ侯爵はヒュルケン将軍へ向ける笑みの裏でそんなことを考えていた。

次女のアグネタの件はまあいい。最初から違和感もあったし、何よりも絶対にアグネタと将軍は合わないと思っていたので、破談になったのは順当な成り行きだった。

しかし、縁は続く。ヒュルケン将軍が真に結婚相手にと求めていたのが末息子のフィリオだったことによって。

（フィリオ……）

器量も気立てもよい息子の顔を思い出し、つい口元が綻ぶ。大輪の花と喩《たと》えられる華やかな姉たちに比較すると地味かもしれないが、母親譲りの整った顔立ちは、どこか人を安心させるところがあり美しいよりも可愛《かわい》らしいと言われることが多い。フィリオの兄で婿として家を出ている長男も似たような雰囲気を持つ青年だから、キト家の勇猛果敢な血は娘たちの方に強く受け継がれていくのだろう。

そのフィリオは昨日からヒュルケン将軍との仮婚に入っている。昨日のうちに印刷され、早朝から配布された広報誌にも、ウェルナード＝ヒュルケン将軍とフィリオ＝キトが十日の仮婚生活を始めたと掲載され、城内の掲示板にも貼られている。

　今朝の朝議の話題の中心はそれで、居合わせた議員や貴族からの質疑が尽きることはなかった。それで儀礼庁に戻るのが遅れたのだが、そこに話題のもう一人の主、息子の夫になる予定の男がいることには素直に驚いた。

　仮婚生活で初めて迎える朝は、伴侶となる予定の相手と離れ難くなるのが一般的だ。ルキニ侯爵が結婚した時には既に二人の夫を得ていた妻だったが、仮婚の間だけは他の夫よりもルキニ侯爵を優先した生活を送ってくれた。はしゃぐ年ではないと思っていたはずなのに、初日は浮かれて遅刻しそうになり、当時の儀礼庁長官の叱責を受けたのが懐かしい。

　朝議に出席しないのはいつものこととしても、真面目な聖王親衛隊長ですら今朝は大目に見ようという態度で小言を口にしなかった。それくらい皆が将軍に対し寛容な気持ちでいたのだ。

　親としては複雑な心境ながら、可愛い息子と離れ難く思う気持ちはよくわかる。遅く登庁するだろう将軍に合わせて、後から軍務庁を訪れフィリオの様子でも聞こうかと考えていたところなのだ。

　困惑が顔に出てしまうのも無理からぬことだろう。侯爵の声にベルは小さく顎を引いた。挨拶のつもりなのだろうと判断したルキニ侯爵は、とりあえず目立つ将軍をこの場から移動させるのが先だと、ゆっくりと先に立って庁舎の扉の方へと歩き出した。

「とりあえず中へどうぞ」

　自分についている従者へ飲み物を運ぶよう命じたルキニ侯爵が将軍を案内したのは、普段来客用に使われる応接室ではなく、自分の執務室に隣接する小部屋だった。ヒュルケン将軍の様子から、公務以外の話が目的だろうと予想したからだ。

部下や補佐に指示を出した侯爵は、将軍の向かいに腰を下ろすと改めて挨拶をした。それにも会釈だけで済ます将軍の顔は無表情に近いもので、それこそ一般人が見れば機嫌を損ねることをしてしまったのだろうかと不安になるのは間違いない。

幸いなことに、稀にしか顔を合わせない朝議の席でも似たようなもので、これまで式典を含めた公の席で幾度か見掛けた時も同じ態度なので、侯爵にはまだ耐性がついている。

令嬢たちに取り囲まれている時に見せる不機嫌な表情よりはよほどいい。

（それに……）

ふっと侯爵の口元に笑みが浮かんだ。

侯爵は将軍の他の顔を知っている。もっと柔らかな笑みを浮かべることも、困ったように瞳を伏せたりすることも。

それから優しい眼差《まなざ》しを注ぐことも。

対象がどうも限られているらしく、その顕著な相手が自分の息子だというのは喜んでいいのか、怒っていいのかわからないけれども。

ただ、怒るという気持ちは侯爵の中にはない。どちらかというと、初めて見た将軍の明るい表情に驚いたことの方が大きかった。

将軍がクシアラータ国に来て十年だ。十年目にして知ったウェルナード＝ヒュルケン将軍の姿は、それほどまでに侯爵に衝撃を与えたのである。

――その衝撃がまだ序の口であることを良識人のルキニ侯爵は知らない。あのインベルグ王子と仲がよい時点で斜め上を想像しておくべきだったと深く溜息をつくことになるのだが、それは少し後の話。

ルキニ侯爵は将軍をさっと観察した。傲岸不遜だという話はよく聞くが、背もたれに預けてはいるものの背筋を伸ばして椅子に座る姿勢はよく、長い足を組んだりもしておらず、育ちの良さが窺《うかが》える。

儀礼庁に相談という名の苦情を持って来たり、陳情をしに来る貴族たちの横柄でだらしのない姿を多く見ている立場からすれば、逆に見習って欲しいものだと思うくらいだ。

インベルグ王子なら、侯爵が庁舎に戻って来る前に勝手に中に入って、座って茶を飲みながら待っていそうだ。

そんなことを考えながら、侯爵は将軍に話し掛けた。

「わざわざ儀礼庁まで足を運ばれたのは、私に何か御用があるからでしょうか？　それともフィリオのことで何かありましたか？」

十年の間親しく交際したこともない二人を結び付けたのは息子だ。だからフィリオについて話があるのだと考えるのは普通だろう。ただ、フィリオの身に何かあったとは考えなかった。もしそうなら、将軍の屋敷からキト家へ伝令が走るはずで、登庁した後であっても同じだと考えられるからだ。

常と変わらぬ将軍の様子を見ても、会いに来る理由がフィリオだとしても、フィリオ自身の問題だとは思えない。それこそ、将軍がこの場にいるのが一番の安心材料でもあると言えよう。

思った通り、将軍は首を横に振った。

「いや、フィリオには何もない。いつもと同じように可愛かった」

真顔の返答は侯爵の頭を一瞬空白にさせたが、すぐに同意の印に頷く。

「それはよかった。もしかしたらフィリオに何かと思ったのですが、何もなくて何よりです」

親として心配していたのだと匂わせると、将軍はすぐに応じた。

「フィリオに何かあれば俺はここにいない。病気も怪我《けが》もしていない。今朝も元気に可愛い顔を見せてくれた」

「そ、そうですか。眠れなかったということはありませんか？　順応力はそれなりに高い子ですが、最初の夜でしたからね」

「それも問題ない。エメがずっと付き添っていた。寝顔が可愛かった」

「……エメ様が一緒なら安心ですね」

二つの尾を持つ黒い獣エメの姿は城内では有名で、間近でこそないものの、侯爵も何度も姿を見掛けている。軍務庁補給部に勤務する次女のアグネタによると、人懐こい獣ではないが将軍よりは会話が成立しやすいという話だ。獣と会話するというのを侯爵はまだよく理解出来ていないのだが、賢いという比喩だろうと思っている。

将軍はふっと小さく笑みを浮かべた。

「エメはフィリオを小さい子のように思っているらしい。素直で可愛いフィリオのことはエメも気に入っている。今日も世話を頼んで来た」

「それはよかった。エメ様が気に掛けていてくれるのなら、息子も安心でしょう」

「嫁に気を遣うのは夫の務めだとインベルグも言っていた。勿論《もちろん》、俺は気遣いの出来る夫だ」

まだ仮婚も始まったばかりだというのに、将軍の中でフィリオは既に嫁として扱われているようだ。先ほどから「可愛い」を繰り返し、どこか自慢したそうに目を細めている将軍を見る目が、少し変わった気がする。

「気に掛けていただいてありがとうございます。しっかりした子ですが、大勢の家族の中で育って来たせいで、心細く思ってはいないかと少し心配していたのですよ」

昨日のうちにヒュルケン将軍の屋敷に出向いてフィリオと話はしているが、いきなり連れて行かれた初日よりも、二日目以降の今日からの方が環境の変化を感じるようになる。

「先ほども言いましたが、しっかりした子故に困ったことや心細いことがあっても口に出すことを遠慮してしまうこともあるのですよ。本当に」

苦笑する侯爵の脳裏には、父親二人を戦争で亡くして布団の中で丸くなり泣いている小さな子供の姿が浮かんでいた。泣くフィリオを抱きながら、静かに涙を流した夜のことを忘れたことはない。


本音を言えば、フィリオには軍人の家に嫁いで欲しくはなかった。しかも相手は戦があれば前線に出ることを約束された男でもある。多くの国では指揮官が現場に赴くことはないと聞くが、侯爵が知る限り、将軍ウェルナード＝ヒュルケンが出征の先頭に立たなかったことはない。そして、凱旋《がいせん》の先頭に立たなかったこともまた、ない。

それが安心材料になるかというと、そんなことはない。他国との戦がなくとも、国内で有事があれば出動するのが軍隊だ。それを考えると、三宝剣の名と将軍という地位は素晴らしくても、我が子の幸せとして考えた時に躊躇《ためら》いを覚えないと言えば嘘《うそ》になる。

反対するのは容易《たやす》い。これがフィリオの気持ちを蔑《ないがし》ろにした、ヒュルケン将軍を国内に留めておくための政略結婚であれば、フィリオを道具にするなと反対した自信がある。自分だけでなく、キト家も侯爵家も親族全員で王城に押し掛け、結婚話の取り下げを要求したことだろう。

　今朝の広報誌に目を通した多くのものたちが二人の仮婚開始を知っている。キト家の親族には長女夫妻が報《しら》せを飛ばし、ルキニ家には侯爵が直接話をしに行った。孫を可愛がっているフィリオの祖父母から明確な反対の声こそ聞かなかったが、

（あれは大人の対応をしただけで私が帰った後はどうなったことかわからないな）

　涙を流して悔しがった可能性すら排除出来なかった。

　感情に任せて反対しないだけましである。

　そんなことをつらつら回想していた侯爵は、将軍の視線にハッと我に返った。

「申し訳ありません。息子のことばかり話をして」

「問題ない。フィリオの話は俺も歓迎だ」

「そう言っていただけると有難い。フィリオよりも私の方が親離れする覚悟が出来ていなかったらしいのですよ」

　そう言って侯爵が微笑《ほほえ》むのを見ながら、将軍は頷いた。

「気持ちはよくわかる。俺もいつもフィリオの傍にいたいと思っている」

　将軍は上げた手の親指と人差し指を広げた。

「これくらいフィリオが小さければいつも持ち歩いていられるのにと思うと残念だ」

　侯爵に追従するのでなく、心の底からそう思っているのがわかる力が込められた言葉だった。

　そんな将軍をルキニ侯爵が馬鹿《ばか》にしたり、蔑んだりすることはない。なぜならば。

「奇遇ですね、将軍。私もあの子を上着の内ポケッ

トに入れることが出来たらと思っていましたよ。まだ小さな子供の頃の話ですが」

「小さいフィリオは可愛かっただろう？」

「ええ。それもう」

絵姿はたくさん残っているが、幼いフィリオの愛らしさを写し取ることは名のある画家を持ってしても無理だった。キト家の屋敷の壁一面には子供たちの絵が飾られており、それ以上にたくさん飾られているのがルキニ侯爵本邸だ。部屋数が多いのをよいことに、一人に一つずつ絵専用の部屋にしているのだ。

「まあ、絵は絵です。フィリオ本人を毎日近くで見ることになる将軍には不要でしょう」

羨ましいという気持ちを若干滲《にじ》ませた侯爵だが、

「……絵……。俺は一枚も持っていない……。フィリオの絵……」

どうやら将軍は自分が絵を持っていないことが残念でたまらないらしい。残念というよりも、ぎゅっと握った拳《こぶし》からは無念、悔しいという気持ちが溢《あふ》れ出ている。

一瞬、所有の絵を将軍に贈呈しようかと思ったが、すぐにその考えを撤回する。

「これから先、いくらでも将軍はフィリオの絵を手に入れることが出来るのです。それこそ百枚でも千枚でも」

これは一種の意趣返しでもある。何しろ、毎日フィリオの顔を見て、毎日フィリオと話をして、毎日「おはよう」「おやすみ」の挨拶をしていたのがなくなってしまうのだ。将軍の様子を見る限り、結婚しても外に出したがらなさそうではあるが、儀礼庁での仕事を続けることになったとしても、寝起きのフィリオを見る機会はない。食事が出来たと呼びに来る声を聞くことが出来ない癒し不足に陥ってしまうのだ。

屋敷に残っているのは長女夫婦とアグネタで、心優しく穏やかなフィリオの存在がどれだけ長女の夫や自分に安らぎを与えてくれたことか。昨日一晩いなかっただけで、もうそれを実感している侯爵だった。

「将軍が肖像画を描かせた時には私にもいただけると嬉《うれ》しいです」

「小さいフィリオの絵と交換ならいい」

「そうですね、原画ではなく複写でよければ模写させましょう」

「ああ。それで十分だ」

ほんのりと将軍の口元が綻んでいるのは、まだ見たことのないフィリオの子供の頃の姿を想像しているからだろうと侯爵は思った。


「あまり大きく変わってはいませんよ。あの子は本当にそのまま真っ直ぐ育ったような感じですから」

面影をそのまま残して少年になった。背丈は伸び、声変わりをして若干青年らしくは聞こえるが、まだまだ歌唱隊で通用すると考える人は多い。フィリオを幼い頃から可愛がってきた高齢の隠居貴族たちから、幾度復帰させろと談判されたことか。歌唱隊の規定では十五歳を上限にしているが、それ以上に声変わりが去る目安になっている。

いくら至上の歌声だのと称賛されたとしても、フィリオだけを特別に扱うわけにはいかない。フィリオ本人は歌唱隊を辞めても、家の仕事をしている間に慣れ親しんだ歌を口ずさむことがあって、それを聞けるのは家族と使用人たちだけの特権だと思っている。知られればフィリオの歌声を聞こうと人々が家に押し掛けて来ることが容易に想像されるため、国家機密並の秘密として取り扱われている。

将軍に対しても同様に秘匿だ。夫婦になれば気づくことなので、あらかじめ教えて将軍が挙動不審になった挙句、フィリオが過敏になってはいけないという、あくまでも息子本位な考えだということは、侯爵も自覚している。

将軍はフィリオが小さかった頃を知らない。それだけでも親として誇れるものだ。

——そうルキニ侯爵は思っていたのだが、必ずしも正しいわけではなかったことを後に知ることになる。

ヒュルケン将軍は少し考えるように首を傾《かし》げ、

「そうだな」

短くそう呟《つぶや》いた。

「可愛いフィリオを大事に腕の中に囲ってしまいたい気持ちはよくわかる。だが、フィリオは俺の嫁だ」

「わかっています。私は親として、将軍は夫としてあの子を愛すればいい。ただそれだけです」

同じ愛情という言葉でも、親が子に与える愛情には庇護《ひご》の感覚が強い。対して夫婦の場合、個としての好意が根底だ。家族が与えることの出来ない愛情をフィリオに与え、教えることが出来るのはヒュルケン将軍だけ。

「将軍はただあの子を愛してくだされればいい。それが親の願いです」

ヒュルケン将軍はふっと笑みを浮かべた。

「俺がフィリオを愛さない日は絶対に来ない。だから安心していい」

どこからその自信が出て来るのかと疑いたくなるほど将軍の青い瞳は真っ直ぐだった。

「ありがとうございます」

親としては子の幸せが何よりも一番大切で、その大事な宝を預ける相手として将軍なりの誠意は伝わって来る。

他の人が同じことを言ったとしても、言葉だけでは疑ったかもしれない。だが侯爵は、将軍とフィリオが二人仲良く語らっている姿を直接見ている。

まさかフィリオが自分の横にいる男を三宝剣の一人だと気づいていないとは知らなかったが、自然な笑みは強制されたものではなく本物だった。

（あの時だったか。将軍に対する印象が一つ変わったのは）

ルキニ侯爵や他のものたちがよく知っている「ウエルナード＝ヒュルケン将軍」という皮が一枚剝《む》けたように感じた。

インベルグ王子が言っていた、

「ヒュルケンが執着しているのはフィリオ＝キトだ」

という言葉も、自分が知らなかった将軍の姿を見た後では素直に信じることが出来る。

その意味では、フィリオを心から愛していると親の目から見てもわかる将軍が結婚の相手なのはよいことだ。

将軍は朝議に出ないことはあるが、基本的に善人だ。収賄や不正事件で将軍の名が挙がったことはない。面白いのは、将軍を引きずりおろそうとしている貴族たちですら、不正が発覚した時に罪を将軍に擦《なす》り付けないことだ。

これに関して、聖王親衛隊長の実兄である貴族院の長官は、

「呆《あき》れるほど強いヒュルケン将軍への拒否感もあるだろうが、他国人という以外につけ入る隙が将軍にないことがわかっているからだろうな。将軍が関与していると嘘をついたところで誰も信じない。屈辱以外の何ものでもないだろう」

清廉潔白。非の打ちどころがないわけではないが、将軍が不正を働くことほど信憑性《しんぴょう》の低い話はない。

或《あ》いは、将軍に関わることで必然的に将軍と親しいインベルグ王子まで出て来ることを避けたいのかもしれない。

良くも悪くもヒュルケン将軍は真っ直ぐな男だ。猪突《ちょとつ》猛進であり、裏で搦手《からめて》を使うインベルグ王子のように曲者《くせもの》と評されることはない。加えて――これが一番大切なことなのだが――誰某《だれそれ》と浮名を流したなどの浮いた噂《うわさ》が一つとしてない。これは本当に大切なことだ。

我が子を託すには最適な人間だ――と侯爵は思う。

「フィリオのことで何か相談などあれば、いつでもどうぞ」

「――そうさせて貰《もら》う」

一瞬の逡巡《しゅんじゅん》は、フィリオのことで誰の手も借りないと思ったからかもしれないし、相談が必要な事態にはならないという自負を持っているからかもしれない。

将軍の様子に侯爵は少し感心した。常に自信に溢れ、恐れなど何もないように見える将軍が見せた人間らしさ。実際に助力を求められることはないとは思うが、見栄を張らずにこちらの申し出を受け入れる姿勢は好ましい。

仮婚相手に間違われたアグネタは、

「思っていたのと違ったわ。理想と現実を見た気分よ」

と、自分とはまた違う将軍の姿を見たようだ。フィリオが仮婚に入ったという話を昨夜したところ、

「さすがヒュルケン将軍、行動が早いわね」

……自分を振った相手のことを褒めていた。おそらく、褒め言葉なのだろうと思う。そのアグネタに

言わせれば、

「大丈夫よ、お父様。将軍はフィリオしか見ていないもの。どこから来るのかって思うほど溺愛だわ。いいえ、執着よ、あれは」

たぶんこれも褒め言葉……なのだろう。

フィリオと将軍の出会いの切っ掛けを今まで訊《き》く機会はなかったが、もしかすると以前からの知り合いだったのかと考え、すぐに頭の中で首を振る。

(いや、フィリオはアグネタの仮婚相手が三宝剣の将軍と聞いても何の反応もしなかったから、知り合ったのはここ最近だろう。あの庭園以外で、二人が会っているのを見たことがない)

それ以外の場所で会っている可能性はないと侯爵は考えている。自分と登城は一緒、職場は同じ、帰りは別々の場合もあるが必ず出迎えてくれるフィリオだ。どこにも将軍が入り込む隙はない。


逢引《あいび》きという言葉が思い浮かぶ。

予兆は確かにあったのだと思う。厨房《ちゅうぼう》で料理人と一緒に昼用の食事を作って籠に詰めるフィリオに最初に気づいた時、実はこっそり期待していたのだ。父親と一緒に食べるつもりなのだろうと。

侯爵のその願いは見事に裏切られてしまったが。申し訳なさそうにしながらも、いそいそと籠を持って儀礼庁から出て行く息子の姿に寂しさを覚えなかったとは言わないが、子供の自立だと思えば我慢出来た。

最初に二人の姿を見た時の驚き……いや衝撃がいかほどだったか覚えていない。手に持っていた書類か何かを落とした気もするがそれも記憶していない。そちらに気を取られ、従者が二人に気がつかなかったことにほっとした。

二人がひっそりと会っている理由はほどなく判明

した。回廊近辺で将軍を探す女たちを何度か見掛けたからだ。

アグネタに限らず未婚の女たちの執念は凄《すさ》まじい。既婚者はまだ余裕があるが、独身で優良物件の男の筆頭に上がる将軍が狙われないはずはないのだから。

そういう事情もあったため、悩みどころではあったのだ。もしかすると、女性たちを遠ざける道具として利用されているのではないか、と。

アグネタの仮婚相手が、自分が庭園で会っている男だとフィリオが知らなかったことが不思議で、アグネタを求められたのが不思議で。

アグネタの件が間違いだったと聞いた時に、将軍が真実フィリオを求めているのだと理解した。戯れでも、欺きのための共犯者でもなく、侯爵が妻に対して抱いていたような恋慕を覚えているのだと。

「ところで将軍」

ついフィリオのことを考えて思考に沈んで行きがちな意識を戻した侯爵は、二人の間にあるテーブルに置かれた紙束を指差した。

「先ほどから気になっていましてね。これはうちの王室典範局が刷った広報ですよね」

「そうだ」

朝議の席でも見たばかりのそれは、ウェルナード＝ヒュルケン将軍の伴侶としてフィリオ＝キトとの仮婚が開始されたというもので、侯爵の執務室の机上にも置かれている。侯爵自らが完成した原稿を校正し、王家にも確認を取って早朝から配布されているものだ。

侯爵自身は、自分用と保管用と親族への配布用に二十枚ほど確保済みだ。老ルキニと呼ばれるフィリオの祖父はきっと自分と同じように保存用、鑑賞用と見本用に三枚は欲しいはずで、そう考えると二十枚では不足するかもしれない。

（ああ、額縁に飾る分も欲しいか）

広報誌からまた他のことが連想されてしまう。

儀礼庁長官のルキニ侯爵は人格者で良識的で、何事も手際よく片づけることが出来るというのが巷《ちまた》の評判ではあるが、侯爵という身分や長官という地位を脱いでしまえば、子供が可愛くてたまらないただの親なのである。

また思考に入り掛けた侯爵だったが、今度はその前に将軍に引き上げられた。

「そのことで話がある」

侯爵は顔を引き締めた。

これまでは息子の夫になるかもしれない男と舅《しゅうと》として、息子の父として話をしている気分の方が大きかったが、話題が公共物のことであれば、長官として公人の対応をしなくてはならない。

「何か不備でもありましたか？　それとも……──」

「不備と言えば不備だ。絵の不備だ」

「絵……ですか？」

一体どういうことなのかと尋ねようとした侯爵だったが、

「長官！」

飛び込んで来た副長官に眉を寄せた。

その副長官の方は、来客がヒュルケン将軍だと気づくと目を大きくし、さらにテーブルの広報誌を見て、顔を蒼白《そうはく》にさせた。

儀礼庁の職員にあるまじき非礼に、眉を寄せた侯爵が口を開く前に、副長官は震える声を発した。

「……長官、この広報誌はどうなさったんですか？」

「ヒュルケン将軍がお持ちになった。それで何事だね？　来客中なのはわかるだろう？」

「申し訳ございません。ですがその……」

言いながら副長官の目はチラチラと将軍と広報誌を見ている。見られている将軍の方は、非礼に立腹することなく平然と座ったままだ。

「将軍に用があるのか？」

「はい、いえ、そのですね長官……」

昨年任じられたばかりの副長官は、将軍をもう一度見た後、意を決したかのように口を引き結び、姿勢を正すと目は宙に浮いたまま、報告した。

「城内各施設で兵士たちが広報誌を取って回り、入手出来なかった各方面から苦情……問い合わせの使者が来られています。何人も」

わざわざ「何人も」と付け足したのは、一人二人どころか、通常業務の手を止めて職員が対応しなければならないという意味だ。

「不足するほど興味を引かれたのではないかね？ 彼らの上官の将軍のことが書かれているのだから、読みたいと思うのは自然な気持ちだと思うが。不足するなら増刷の手配を」

しなさい——と言い掛けた侯爵だったが、

「違います。それは絶対違います」

と言う副長官と、

「これ以上増やすのは駄目だ」

と言う将軍の声に、侯爵は間抜けにも「は？」と目と口を開けた。そして副長官と将軍を交互に見やり、先に部下に事情の説明を求める。

「は、はい。事情を聞く限り、彼らは読むために持って行くという可愛らしいものではなく、そこにあるものをすべて回収しているとのことです。そう、回収なのです、長官」

「……遠地に配備されている兵士のために確保しているという理由は？」

「あり得ません。配布中のものだけでなく、読んでいるところを見つければ取り上げているそうなのです。掲示物は現在、会議棟の前と城門入ってすぐの掲示板、神殿門前に貼られたもの以外は奪われてしまったそうです。聖王親衛隊が神殿前の掲示板を守り、近衛《このえ》が会議棟を確保、第三王子配下の部隊は城門前で小競り合いに発展しそうだと」

開き直ったのか、最初の怯《おび》えはなくなり、判明している範囲での状況を整理して伝えた。

侯爵は指で眉間を揉《も》むように押した。

第三王子配下の部隊というなら国軍第二軍で、兵士たちはヒュルケン将軍の配下になるのだが、王子が国軍副総裁という立場で指揮するのなら状況は変わる。

(同じ軍属同士でぶつかり合うなんて馬鹿なことを……)

この場合気の毒なのは間に挟まれた兵士たちだろう。軍の総指揮官と国王に次ぐ名誉職の副総裁。その対立の原因が掲示板など、他国に知られたら笑いものだ。

「何がどうしてそうなった……？」

そんな侯爵に追い打ちを掛けるように別の職員が飛び込んで来る。

「長官！　インベルグ王子がっ！」

王子がどうした、という前に高い軍靴の音がして、インベルグ王子が廊下を歩いて来るのが見えた。大股で肩をいからせて歩く様は、気の弱い文官なら気絶しそうだ。

フィリオが、

「インベルグ王子は笑った顔が怖いんです」

と言っているが、顔立ちは整っている。それなのに貴公子に見えないのは、軍人という職と、王族ながら野性味のある生命力で溢れているからだ。独身の女性たちからの秋波は多いものの、自分が上位に立ちたいクシアラータの女性にとっては魅力的とは言い難いらしく、浮名は流すが定まった相手がいたことはない。

昨日も歩いた廊下を同じように歩いて来たインベルグ王子は、ルキニ侯爵に声を掛けようと口を開いたところで椅子に座る将軍に気づき、吼《ほ》えた。

「ヒュルケン！　お前！　こんなところで何をやってる！」

その勢いのままヒュルケン将軍の前の椅子に座った。隣か前か。一瞬も逡巡しなかったことを思えば、将軍の隣に座るのは嫌だったのだろう。現在進行形で揉めていれば、親しい相手でもそうなる。

何しろ、揉める原因が掲示板……広報誌なのだ。王子自身もわけがわからないまま、発行元へ足を運んだというのが正しいのだろう。

そのインベルグ王子の後ろには、肩身が狭そうにしている軍人が一人立っていた。侯爵には見覚えのある顔で、今朝も朝議の場で見掛けたばかりだ。

三人いる副将軍の一人で、実質ヒュルケン将軍の副官のような立場の男だ。その副将軍が、大きな体を縮ませて、申し訳なさそうに侯爵や職員にまで頭を下げる様子はとても気の毒だ。そして、その態度が染みついているようなのがさらに哀れを誘う。

副将軍は頭を下げながら侯爵の横に立ち、深く頭を下げた。

「申し訳ありません、ルキニ長官」

「謝罪はいいけれど、何の謝罪だか私にはわからないのだよ。君もそうだと思うが、朝議から戻って来てすぐこの状態になったものだからね」

将軍を睨《にら》みつける王子、何食わぬ顔で広報誌を捲《めく》っている将軍。二人の間の温度差が、この騒動の原因で、その一端を広報誌が担っているのはわかるのだが、そもそも特別な記事は仮婚のことだけで、他はいつもと大差ないものだ。

ルキニ侯爵は首を振った。

「王子でも将軍でも、とにかく説明を」

「おう。実はこいつが――」

「インベルグは黙っていろ。俺が先だ」

将軍の青い瞳は真っ直ぐに侯爵を貫いていた。


将軍の話は簡潔だった。ただ、説明が手短で、広報誌回収に至った理由も単純な分どう収めてよいものか……いや、どう納得させればよいものか侯爵は頭を悩ませた。

事前の情報から、ヒュルケン将軍が今朝の広報誌に意見なり疑問なりあるのはわかっていた。副長官が乱入してくる直前までその話をしていたのだから、忘れようがない。

侯爵は眉間を押さえた。話を聞きながら、もう何度同じ動作をしたかわからない。

「――つまり、将軍はこの仮婚の記事が気に入らないと。そういうことなのですね」

「記事じゃない。絵だ」

自分の言いたいことを語った将軍は、それこそが一番大きな理由で広報誌を回収して回っているのだと胸を張って言い切った。

絵。

通常広報誌は連絡事項の方が多いため文字のみで構成されるが、時々図や絵をつけることもある。仮婚開始においても簡潔に「どこそこ家の三女とあちらの家の次男が仮婚開始」という程度の一行二行が定番だ。

フィリオと将軍の場合、事情が事情なだけに一面全部を使って大きな見出しと大きな文字で視覚に訴える手法を取ったのだ。ルキニ侯爵の考えではなく、国王からの依頼だった。いくら侯爵が息子を可愛いと思っていても、特別記事にしてしまうほど自分の仕事を私的感情で動かすことはない。

国王側の言い分はわかる。インベルグ王子から説明されたように、将軍を国外に追放しようという動きを牽制《けんせい》するため、極秘ではなく大々的に婚姻を進めることにしたのだ。フィリオはまだ危険性に気づいていないようだが、名を出してしまうことの危うさについて侯爵は今も心配しているのだが、貴族なら誰もが広報誌で発表されることなので例外はないと言われればその通り。王女王子も例外ではないのに、王族でもないフィリオに特例は認められない。

だから吟味した。自分の目で確かめた。

「絵も、私が自分で見て似ていると思いましたが」

「そうだな。俺もルキニと同じように思ったぜ。ただ」

と、インベルグ王子はフィリオの隣に描かれた将軍の顔を指差した。

「この笑みは余計だな。ヒュルケンが笑っている顔を見たことがある奴《やつ》なんか片手で足りるだろ。キャメロンとフィリオ＝キトくらいか？　サーブル、お前は？」

「おそらく私もないかと。ただ、この絵のような顔いていないようだが、」

「だろ？　その場に俺がいたらすぐに描き直させたんだがなあ。だけどな、ヒュルケン。お前はどうでもいいとして、このフィリオ＝キトのどこに不満がある？　父親のルキニがこれでいいと言ったんだ。お前よりも父親の認識の方が……」

「髪の長さが違う」

「は？」

「え？」

将軍はフィリオの絵の上に指を滑らせた。

「まず、横の髪の長さ、もう少し長い。それに髪の跳ね方が右と左で逆だ。フィリオは笑う時、ほんの少しだけ顎を引く」

「それだけで……？」

思わず発したルキニ侯爵の質問に将軍は重く頷いた。

「一番酷《ひど》いのは、顔の各部位の大きさの比率が違っていることだ。可愛いフィリオの顔がこのバラバラな大きさのせいで台無し。こんな酷い絵しか描けない画家は投獄した方がいい」

「……ヒュルケン、お前それ何の罪だ？　下手くそな絵を描いたのが罪なら、国中の牢獄《ろうごく》が塞がってしまうぞ」

うんうんと頷く全員の前で、将軍は眉を寄せた。これはインベルグ王子の言葉が不快だったわけではなく、なぜわからないのかという侮蔑に近いものがあったのだと、全員がこの時の会話を後で振り返ってから気づいた将軍の台詞とは、

「侮辱罪だ。フィリオの可愛らしさを歪《ゆが》めた罪は重い。フィリオに対する侮辱、俺に対する宣戦布告と考えていいはずだ」

目に力を湛《たた》えた将軍はルキニ侯爵に視線を移した。その烈《はげ》しい怒りを込めた瞳には、貴族社会を生き抜いて来た侯爵も思わず逃げたくなるほどだった。

「この紙は俺が責任を持って回収し尽くすから安心しろ。その上で、侯爵に求めたい」

「何をですかな？」

薄々察していながら一応念のために尋ねた侯爵へ、

将軍は言い切った。

「画家の居場所だ。俺が直接捕まえるのが一番確実」

「いやお前！」

あまりの傍若無人な思考展開に呆気《あっけ》に取られていたインベルグ王子が、椅子から飛び上がらんばかりの勢いで将軍に顔を寄せる。

「それで侮辱罪は流石《さすが》にどうかと俺も思うぞ。それに画家はうちのババアが用意した奴だろう？」

「ええ。キャメロン殿下が連れて来ました」

その直後、

「王子も同罪か」

低い声が聞こえて来て侯爵と王子は慌てた。

「待て！　だから待てヒュルケン！　こんなところで殺気を放つな」

「お怒りはわかりました。ですが、ここで暴れて……怒りを出しても解決はしませんよ」

——本音が出たな、ルキニ。

そんな声が隣から聞こえた気がしたが、知らんふりである。

それよりもこの騒動を収めるのが先だ。

ヒュルケン将軍が話を始める前に、門前の争いの即時停止を文書にして、インベルグ王子が連れて来ていた従者に城門まで届けさせた。聖王神殿へは侯爵が一筆書いた。後で直接詫《わ》びと礼に赴かなければならないが、すべては将軍を思いとどまらせてからである。

「将軍にお尋ねしますが、絵を載せなければよいのですか？　それともフィリオの絵を描ける人物を探し出して描いて貰う方がいいのですか？」

「言っておくが、広報に載せない選択肢はないからな。これは国王命令で、フィリオ＝キトが貴族として従わなければならない規則だ」

インベルグ王子の補足を受け、将軍は不機嫌に唇を曲げた。いわゆる唇を尖《とが》らせたとも見える仕草は少し微笑ましい。

「――それなら絵は要《い》らない」

「絵を入れずに文字だけということですね」

「ああ」

「探せば将軍の気に入る絵を描く画家もおりましょうが」

「いや、それはもういい」

どうせ描いても文句を言うだろうという予想があるため、侯爵も乗り気ではなかったのだが、将軍も同じく画家は不要だとはっきり言った。

「仮にフィリオそっくりに描けたとしても、それを大勢が見るのが嫌だ。俺だけのフィリオなのに、たくさんの奴らがフィリオを自分のものにしているようで嫌だ」


侯爵は口を曲げたインベルグ王子と顔を見合わせ肩を竦《すく》めた。

「つまりお前は、フィリオ＝キトの絵であっても他の誰かの手に渡るのは許せないと、そう言いたいんだな」

「ああ」

「わかった。なあ、ルキニ。俺もヒュルケンに賛成だ。こいつみたいに元から顔も名前も有名なのはともかく、フィリオ＝キトは違う」

「ええ、違います」

出来れば隠してずっと手元に置きたいと思っていたほど、可愛い子供だ。

そこで侯爵は気がついた。

（将軍もそう思っているということなのか……）

自分が想いを寄せる相手を他人に見せてやる必要はない――と。

「フィリオは自慢したいほど可愛い。だけど俺は、自慢はせずに自分だけのフィリオでいて欲しい。誰にも渡さないと決めていた」

絶対に守ると誓うように将軍は両の拳をぎゅっと握り締めた。

「その意気はいいんだがなあ……」

天井を仰いだ王子は髪をくしゃくしゃとかき回した。

「インベルグ王子、今現在配布中の広報は」

「ああ。他の兵士と一緒に回収するよう手配する。配布済みの分はどうする？」

「出来れば回収で」

「取り戻して燃やす」

「……わかった。取り戻す方向でいく。だがヒュルケン、穏便にだぞ。絶対に剣は抜くなよ。エメもけしかけるな」

念を押すインベルグ王子の前でヒュルケン将軍は顎を少し引いたが、わかったとも了承したとも明言しない。

ルキニ侯爵は下を向いて笑った。

それからコホンと咳払《せきばら》いを一つして場をまとめた。

「今朝発行の広報誌は配布済み分も含めて出来るだけ回収。儀礼庁の方からも各部署へ通達を出しておきましょう。不備があったと言えば理由としては十分ですからね」

たとえそれがたった一つだけの苦情でも、記事に出ている本人からの申し出だと言えば、大抵は納得してくれるだろう。

納得しないのは、フィリオを愛《め》でていた人々だが、彼らには自力で入手済みの広報誌を守って貰うしかない。

勿論、ルキニ侯爵も例外ではなく、額縁用と親族用で追加した後はこっそりと愛でる予定だ。

　そして侯爵は立ち上がり、軽く手を叩《たた》いた。

「さあ、解決に向けて動きましょう。王子は陛下へのご連絡と事情説明もお願いします」

「わかった」

「将軍は」

「回収」

「はい。よろしくお願いします」

「フィリオのためにも頑張《がんば》って回収する」

　背の高い軍人二人が部屋を出て、侯爵はほっと椅子に座って背もたれに体を預けた。まだ午前中、これから仕事があるのに一日分の働きをした気分だ。

　だがあれがフィリオの夫。フィリオを愛するあまり、すべてを敵に回しかねない男。

　ルキニ侯爵の義息子《むすこ》になると思うと、笑みも浮かぶ。

「将軍との付き合い方をキャメロン王女婿殿下に教わった方がいいかもしれないな」

あとがき

朝霞月子《あさかつきこ》です。本作を手に取っていただきありがとうございました。

同人誌でも人気のあった「将軍様」シリーズが、待望の商業化という流れには、私もわくわくが止まりませんでした。あのベルさんが、あのフィリオが、あのエメが！　イラスト付きで登場するのです。見逃せるはずがありません。

作者として何が楽しみかって、大勢の方に読んで貰《もら》える商業として発行されるのは勿論《もちろん》ですが、イラストによって息を吹き込まれ、リアルな姿になって動き回る登場人物ではないでしょうか。

本作でも兼守《かねもり》先生の魔法の手によって、主役の二人とエメがしっかりとイラストで描かれていまして、完成する前のラフ画を見ただけで、ほうっと溜《た》め息《いき》が零《こぼ》れてしまいました。フィリオの可愛《かわい》らしさ、ベルさんがフィリオの前だけ見せる甘い顔、もふもふ担当エメなど、余すところなく表現していただいてとてもとても嬉《うれ》しいです。

今回は二冊同時発売ということで、「婚活中」と「新婚中」の表紙、それから口絵の対比も楽しみの一つですので、本文と一緒に堪能してくださいね。

さて、ここからは少しだけ私事を。

あとがき

カバーのコメントにも書いていますが、六月に手の指を剝離骨折しまして、ギプスが外れた後の処置が悪く、完治には程遠い状態があとがきを書いている十月現在も続いています。痛みはだいぶ取れましたが、指がアーチ状に曲がったまま真っすぐ伸びないため、執筆に加え日常生活にも支障をきたす有様だった初期の頃は、本当に辛かったです。

執筆の友、心友ともいえる栄養ドリンクの蓋を開けられず、ボタンの掛け外しが出来なくて、重い物を持つなんてもってのほか、右手の爪を切るのは困難を極め、なかなかにハードな日々でした。八月下旬からリハビリに通い出してからは、中指が曲がっただけのままではあるものの、キーボードを打つ時に感じる疲労も軽減されたので安心しました。

文章は指先で書くとも言います。指が考えてくれるとも言います。

大切な相棒なので、不注意には十分に気をつけなくてはと反省しきりでした。何しろ、多方面に遅延を生じさせてしまいまして……。

四月から本気出す！　だったのが二か月で挫折して、九月から本気出す！　になってしまったのは本当に誤算でした。皆様もお気をつけください。

そうそう、「婚活中」ではお見せ出来なかった三宝剣の残り二人のお姿は「新婚中」の方でしっかりと見ることが出来ます。眼福でございました。

それでは次は「新婚中」のあとがきでお会いしましょう。

初出

将軍様は婚活中	商業誌未発表作を大幅改稿
将軍様は憤慨中	書き下ろし

月神の愛でる花
〜六つ花の咲く都〜

つきがみのめでるはな〜むつばなのさくみやこ〜

朝霞月子

イラスト：千川夏味

本体価格855 円+税

ある日突然、見知らぬ世界・サークィン皇国へ迷い込んでしまった純情な高校生の佐保は、若き皇帝・レグレシティスと出会い、紆余曲折を経て結ばれる。彼の側で皇妃として生きることを選んだ佐保は、絆を深めながら、穏やかで幸せな日々を過ごしていた。季節は巡り、佐保か王都で初めて迎える本格的な冬。雪で白く染まった景色に心躍らせる佐保は街に出るが、そこでとある男に出会い……⁉　大人気異世界トリップファンタジー、第3弾！

リンクスロマンス大好評発売中

月神の愛でる花
〜天壌に舞う花〜

つきがみのめでるはな〜てんじょうにまうはな〜

朝霞月子

イラスト：千川夏味

本体価格 900 円+税

異世界・サークィン皇国に迷い込んだ純情な高校生の佐保は、若き皇帝・レグレシティスと出会い、紆余曲折を経て結ばれる。皇妃として平穏な日々を送っていた佐保は、ある日、裁縫店のメッチェが腰を痛め仕事を休むという話を耳にした。少しでも役に立ちたいと思い、代わりにナバル村へと行きたいと申し出る佐保。そこは、この世界に来た当初過ごしていた思い出の村だった。思いがけない佐保の里帰りに、多忙なレグレシティスも同行することになり……。

月神の愛でる花
〜絢織の章〜

つきがみのめでるはな〜あやおりのしょう〜

朝霞月子

イラスト：千川夏味

本体価格 870 円+税

異世界・サークィン皇国に迷い込んだ純情な高校生の佐保は、若き皇帝・レグレシティスと出会い、紆余曲折を経て結ばれた。ある日佐保は、王城の古着を身寄りのない子供やお年寄りに届ける活動があることを知る。それに感銘を受け、自分も人々の役に立つことが出来ればと考えた佐保は、レグレシティスに皇妃として新たな事業を提案することになるが……。婚儀に臨む皇帝の隠された想いや、稀人・佐保のナヴァル村での生活を描いた番外編も収録！

リンクスロマンス大好評発売中

月神の愛でる花
〜瑠璃を謳う鳥〜

つきがみのめでるはな〜るりをうたうとり〜

朝霞月子

イラスト：千川夏味

本体価格870円+税

純朴な高校生・佐保は、ある日突然異世界・サークィン皇国に飛ばされてしまう。若き孤高の皇帝・レグレシティスと出会い、紆余曲折を経て結ばれた佐保は、皇妃として民からも慕われ、平穏な日々を過ごしていた。そんなある日、親交のあるバツーク国より、国王からの親書を持った第一王子・カザリンが賓客としてサークィンを訪れる。まだ幼いながら王族としての誇りを持つ王子は、不遜な態度で王城の中でも権威を振りかざしていたが……!?

月神の愛でる花
～彩花の章～

つきがみのめでるはな～さいかのしょう～

朝霞月子
イラスト：千川夏味

本体価格870 円+税

異世界からやってきた稀人・佐保と結ばれ、幸せな日々を手に入れたサークィン皇帝・レグレシティス。平穏に暮らしていたある日、レグレシティスはこの世界における佐保の故郷ともいうべきナバル村へ、共に旅することになった。だがその道中、火急の呼び出しで王城へ戻ることを余儀なくされる。城で待っていたのは、サラエ国からの、新たなる妃候補で……!?　レグレシティス視点で描かれる秘話を収録した、珠玉の作品集！

リンクスロマンス大好評発売中

月神の愛でる花
～鏡湖に映る双影～

つきがみのめでるはな～きょうこにうつるそうえい～

朝霞月子
イラスト：千川夏味

本体価格870円+税

ある日突然、異世界サークィンにトリップした日本の高校生・佐保は、皇帝・レグレシティスと結ばれ幸せな日々を送っていた。暮らしにも慣れ、皇妃としての自覚を持ち始めた佐保は、少しでも皇帝の支えになりたいと、国の情勢や臣下について学ぶ日々。そんな中、レグレシティスの兄で総督のエウカリオンと初めて顔を合わせた佐保。皇帝に対する余所余所しい態度に疑問を抱くが、実は彼がレグレシティスとその母の毒殺を謀った妃の子だと知り……。

月神の愛でる花
～蒼穹を翔ける比翼～
つきがみのめでるはな～そうきゅうをかけるひよく～

朝霞月子
イラスト：千川夏味

本体価格870円+税

異世界サークィンにトリップした高校生・佐保は、皇帝·レグレシティスと結ばれ、幸せな日々を過ごしていた。臣下たちに優しく見守られながら、皇帝を支えることのできる皇妃となるべく、学びはじめた佐保。そんな中、常に二人の側に居続けてくれた、皇帝の幼馴染みで、腹心の部下でもある騎士団副団長·マクスウェルが、職務怠慢により処分されることになってしまう。更に、それを不服に思ったマクスウェルが出奔したと知り……!?
大人気シリーズ第９弾！　待望の騎士団長＆副団長編がついに登場!!

リンクスロマンス大好評発売中

月神の愛でる花
～言ノ葉の旋律～
つきがみのめでるはな～ことのはのしらべ～

朝霞月子
イラスト：千川夏味

本体価格870円+税

本に暮らしていた平凡な高校生·日下佐保は、る日突然、異世界サークィンにトリップしてまい、そこで出会った若き孤高の皇帝・レグシティスと結ばれ、夫婦となった。優しく頼がいのある臣下たちに支えられながら、なんか一人前の皇妃になりたいと考えていた佐。そんな中、社交界にデビューする前の子供ちのための予行会に、佐保も出席することに。配ない場だとは分かっているものの、レグレティスは佐保を案じているようで――？
帝陛下の甘々溺愛編、登場！

第八王子と約束の恋

だいはちおうじとやくそくのこい

朝霞月子
イラスト：壱也

本体価格870円+税

可憐な容姿に、優しく誠実な人柄で、民から
慕われている二十四歳のエフセリア国第八王
子・フランセスカは、なぜか相手側の都合で
婚話が破談になること、早九回。愛されるため
良い妃になるため、嫁ぐ度いつも健気に努力
てきたフランは、「出戻り王子」と呼ばれ、一
向にその想いが報われないことに、ひどく心
痛めていた。そんな中、新たに婚儀の申し入
を受けたフランは、カルツェ国の若き王・ル
の元に嫁ぐことになる。寡黙ながら誠実なル
から、真摯な好意を寄せられ、今度こそ幸せ
結婚生活を送れるのではと、期待を抱くフラ
だったが——？

リンクスロマンス大好評発売中

獅子王の寵姫
第四王子と契約の恋

ししおうのちょうき　だいよんおうじとけいやくのこい

朝霞月子
イラスト：壱也

本体価格870円+税

外見の華やかさとは裏腹に、倹約家で守銭奴とも呼ばれているエフセリア国第四王子・クランベールは、その能力を見込まれ、シャイセスという大国の国費管理の補佐を依頼された。絢爛な城に着いて早々財務大臣から「国王の金遣いの荒さをどうにかして欲しい」と頼まれ、眉間に皺を寄せるクランベール。その上、若き国王・ダリアは傲慢で派手好みと、堅実なクランベールとの相性は最悪…。衝突が多く険悪な空気を漂わせていたのだが、とあるきっかけから、身体だけの関係を持つことになってしまい——？

月蝶の住まう楽園
げっちょうのすまうらくえん

朝霞月子
イラスト：古澤エノ

本体価格855円+税

憧れの「イル・ファラーサ」という手紙を届ける仕事に就いたハーニャは、素直な性格を生かし、赴任先のリュリュージュ島で仕事に追われながらも充実した日々を送っていた。ある日、配達に赴いた貴族の別荘で、ハーニャは無愛想な庭師・ジョージィと出会う。手紙をなかなか受け取ってくれなかったりと冷たくあしらわれるが、何度も配達に訪れるうち、無愛想さの中に時折覗く優しさに気付き、次第にジョージィを意識するようになっていった。そんな中、配達途中の大雨でずぶ濡れになったハーニャは熱を出し、ジョージィの前で倒れてしまい……!?

リンクスロマンス大好評発売中

月狼の眠る国
げつろうのねむるくに

朝霞月子
イラスト：香咲

本体価格870円+税

ィダ公国第四公子のラクテは、幻の月狼が今住まうという最北の大国・エクルトの王立学に留学することになった。しかし、なんの手いか后として後宮に案内されてしまう。はじは戸惑っていたものの、待遇の良さと、后が人もいるという安心感から、しばらくの間暢に後宮生活を満喫することにしたラクテ。そなある日、敷地内を散策していたラクテは偶伝説の月狼と出会う。神秘の存在に心躍ら月狼と逢瀬を重ねるラクテ。そしてある晩狼を追う途中で、同じ色の髪を持つ謎の男と会うのだが、後になって実はその男がエクル国王だと分かり……!?

ちいさな神様、恋をした《ちいさなかみさま、こいをした》

朝霞月子
イラスト：カワイチハル

本体価格870円+税

とある山奥に『津和の里』という人知れず神
が暮らす場所があった。人間のてのひらほど
背丈をした見習い中の神・葛は、ある日里で
き倒れた画家・神森新市を見つける。外界を
らない無垢な葛は、初めて出会った人間・新
に興味津々。人間界や新市自身についての話
そして新市の手で描かれる数々の絵に心躍ら
ていた。一緒に暮らすうち、次第に新市に心
かれていく葛。だがそんな中、新市は葛の育
の親である千世という神によって、人間界に
らされることに。別れた後も新市を忘れられ
い葛は、懸命の努力とわずかな神通力で体を
きくし、人間界へ降り立つが……!?

リンクスロマンス大好評発売中

恋を知った神さまは《こいをしったかみさまは》

朝霞月子
イラスト：カワイチハル

本体価格870円+税

人里離れた山奥に存在する、神々が暮らす場所“津和の里”。小さな命を全うし、神に転生したばかりのリス・志摩は里のはずれで倒れていたところを、里の医者・櫨禅に助けられ、快復するまで里で面倒をみてもらうことになった。包み込むような安心感を与えてくれる櫨禅と過ごすうち、志摩は次第に、恩人への親愛を越えた淡い恋心を抱くようになっていく。しかし、櫨禅の側には、彼に密かに想いを寄せる昔馴染みの美しい神・千世がいて……？

LYNX ROMANCE イラストレーター募集

リンクスロマンスでは、イラストレーターを随時募集いたします。

リンクスロマンスから任意の作品を選び、作品に合わせた
模写ではないオリジナルのイラスト（下記各1点以上）を描いてご応募ください。
モノクロイラストは、新書の挿絵箇所以外でも構いませんので、
好きなシーンを選んで描いてください。

1 表紙用 カラーイラスト

2 モノクロイラスト（人物全身・背景の入ったもの）

3 モノクロイラスト（人物アップ）

4 モノクロイラスト（キス・Hシーン）

募集要項

＜応募資格＞

年齢・性別・プロ・アマ問いません。

＜原稿のサイズおよび形式＞

◆Ａ４またはＢ４サイズの市販の原稿用紙を使用してください。
◆データ原稿の場合は、Photoshop（Ver.5.0 以降）形式でＣＤ－Ｒに保存し、
出力見本をつけてご応募ください。

＜応募上の注意＞

◆応募イラストの元としたリンクスロマンスのタイトル、
あなたの住所、氏名、ペンネーム、年齢、電話番号、メールアドレス、
投稿歴、受賞歴を記載した紙を添付してください（書式自由）。
◆作品返却を希望する場合は、応募封筒の表に「返却希望」と明記し、
返却希望先の住所・氏名を記入して
返送分の切手を貼った返信用封筒を同封してください。

＜採用のお知らせ＞

◆採用の場合のみ、６カ月以内に編集部よりご連絡いたします。
◆選考に関するお電話やメールでのお問い合わせはご遠慮ください。

宛先

〒151-0051 東京都渋谷区千駄ヶ谷４−９−７
株式会社　幻冬舎コミックス
「リンクスロマンス　イラストレーター募集」係

この本を読んでの
ご意見・ご感想を
お寄せ下さい。

〒151-0051
東京都渋谷区千駄ヶ谷4-9-7
(株)幻冬舎コミックス　リンクス編集部
「朝霞《あさか》月子《つきこ》先生」係／「兼守《かねもり》美行《みゆき》先生」係

リンクス ロマンス

将軍様は婚活中

2018年10月31日　第1刷発行

著者……………朝霞《あさか》月子《つきこ》
発行人…………石原正康
発行元…………株式会社　幻冬舎コミックス
〒151-0051　東京都渋谷区千駄ヶ谷4-9-7
TEL 03-5411-6431（編集）
発売元…………株式会社　幻冬舎
〒151-0051　東京都渋谷区千駄ヶ谷4-9-7
TEL 03-5411-6222（営業）
振替00120-8-767643
印刷・製本所…株式会社　光邦
検印廃止

ISBN978-4-344-84330-1 C0293
Printed in Japan

幻冬舎コミックスホームページ　http://www.gentosha-comics.net

本作品はフィクションです。実在の人物・団体・事件などには関係ありません。